SHANGHAI LITERATURE & ART PUBLISHING GROUP

故事会
精品系列

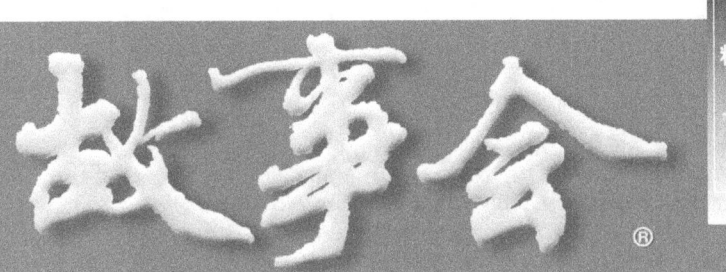

名作故事

I0517156

上海锦绣文章出版社
上海故事会文化传媒有限公司

上海文艺出版（集团）有限公司

图书在版编目 (CIP) 数据

名作故事 《故事会》编辑部编 – 上海：上海锦绣文章出版社
（故事会精品系列） ISBN 978-7-5452-0179-6
Ⅰ．①名...Ⅱ．①故...Ⅲ．故事－作品集－世界 Ⅳ．I14
中国版本图书馆 CIP 数据核字 (2008) 第 181331 号

丛 书 名：故事会精品系列

书　　名：名作故事

主　　编：何承伟

编　　委：何承伟　　吴　伦　　姚自豪　　夏一鸣

责任编辑：刘迎曦　　鲍　放

装帧设计：王　伟

责任督印：张　凯

出　　　　版：　上海锦绣文章出版社

　　　　　　　　上海故事会文化传媒有限公司

POD 海外发行：　中国图书进出口上海公司

　　　　　　　　电话：021－36357888

　　　　　　　　传真：021－36357896

　　　　　　　　地址：上海市虹口区广中路 88 号

　　　　　　　　邮编：200083

目　　录

欧·亨利(1862—1910)，真实姓名：威廉·西德尼·波特。美国批判现实主义作家，十九世纪世界三大短篇小说大师之一（另两位：法国莫泊桑、俄国契诃夫）。他一生创作了三百多篇短篇小说，形成了独特的艺术风格。他善于从别出心裁的角度出发，捕捉生活中令人啼笑皆非而又富有哲理的戏剧性场景，用漫画般的笔触勾勒人物的特点，在结尾处又能异峰突起，出意料之外，却在情理之中。

爱情的魔力

杰米·华沦汀是个手段高明的小偷，他的盗窃本领在当地无人可比。他的拿手好戏是撬保险柜，无论多么复杂精密的保险柜，在杰米的眼里都像是小孩的玩具一样。他为人机警，所以很少失风。但俗话说得好，"若要人不知，除非己莫为"。终于有一天,他在作案时被当场抓住,被判了四年徒刑。

在监狱里,杰米装出一副勤勤恳恳的样子,干活十分卖力,又会奉承拍马,于是骗得了监狱长官的信任。十个月后,他得到赦免,被提前释放了。

出狱那天,杰米兴高采烈地走出监狱大门。望着绿色的草坪,绚丽的阳光,杰米暗下决心:再不回那该死的监狱了,上帝作证。

可是出狱不久,杰米手又痒了,于是他又重操旧业,干起了撬保险柜的勾当。

这样一来,警察局可倒了霉,被盗人家整天在警察局吵闹不说,上级还把局长叫去骂了个狗血喷头。没法子,局长连忙调来老侦探班·普瑞斯。这位老侦探和杰米可算是老相识了,上次就是他把杰米捉拿归案的。

老侦探来到现场,立即断定,一定又是杰米干的,因为除了杰米,没人能干得这么利索。于是,老侦探决定逮捕杰米,哪知杰米已从朋友那里得到消息,早远逃他乡了。

杰米逃出来以后,化装成一个时髦的大学生,来到一个叫艾尔摩的小镇住下来,过了一个多月的平静日子。

然而江山易改,秉性难移,过了一个多月,一天,杰米在大街上闲逛,听人谈论银行家亚当斯如何有钱,心中不觉一动,又决定干了。

他开始筹划起来。一连几天,他变换着服饰在亚当斯家附近转悠,伺机下手。

这天,杰米正在亚当斯家门口转,忽然"嘎"的一声,一辆汽车在他身边一个急刹车,差一点撞在他身上。杰米正想发火。这时从车上跳下一个女子,只见她金色的秀发在风中飘舞,那双大眼睛,明亮清澈,有一种勾人魂魄的魅力。杰米被她的风采给迷住了,呆呆地望着她,一动不动。

姑娘朝杰米笑了笑,道:"对不起,先生,没伤着你吧?"杰米一阵慌乱,连自己也不知道说了句什么就走了。

这天晚上,杰米失眠了,眼前总是浮现出那姑娘的笑容。杰米一遍又一遍地问自己:难道我爱上她了吗? 想着想着,不觉又露出一丝苦笑:别异想天开了,人家是一位美丽纯洁的姑娘,自己是什么? 是盗贼,是个老鼠过街,人人喊打的家伙!

连着几天,杰米都把自己关在小屋里,想了很多很多。他暗暗下决心:要得到那位姑娘的爱,自己首先要做一个清白的人,才有资格去正大光明地追求她!

于是,杰米化名斯宾塞,用自己攒下的钱开了一家鞋店,过起了正常人的生活。

一年以后,杰米鞋店的生意好极了,远远近近的人都来光顾。后来,杰米终于如愿以偿地赢得了姑娘的爱情。

姑娘是银行家亚当斯的宝贝女儿,名字叫安娜·蓓尔。杰米第一次尝到了爱情的甜蜜。

经过一段时间以后,杰米觉得时机成熟了,有一天,他向安娜提出:"亲爱的,我们结婚吧?"

安娜热辣辣的目光盯着杰米,点了点头。

杰米高兴地抱起安娜,紧紧地搂住,仿佛安娜会飞走一般,嘴里喃喃说着:"安娜,我会永远永远地爱你!"

安娜给杰米的爱,更坚定了杰米重新做人的决心。为了避免被人重新翻出旧账,杰米决定结婚后到西部去生活。到那时,和安娜朝夕相伴,没有人打搅,没有人提过去的丑事,两个人甜甜蜜蜜、和和美美,该有多好!

可是,杰米万万没有想到,就在这个时候,那个老侦探已打听到他的下落,来到了艾尔摩小镇。

这一天,杰米来到安娜家,他把自己以前作案用的工具箱也带来了,准备和安娜一起去购买结婚纪念品时,顺便将它送给一个修保险箱的朋友。

银行家亚当斯对这个未来的女婿十分喜欢,他觉得小伙子事业心强,人也正直,安娜和他在一起是会幸福的。他倒了杯酒给杰米,说:"斯宾塞先生,时间还早,来看件东西如何?"

杰米一扭头,看到一个巨大的保险柜立在大厅的墙角,有两个孩子这摸摸、那扭扭,好奇地看着。杰米内行地赞叹道:"这的确很牢固。"

亚当斯不无得意地说:"是的,相当牢固,这是我刚买来的。等安上它,我就放心了,除了我,任何人休想打开它。我想,就是那个专撬保险柜的杰米来,也休想打开它!"

杰米没想到自己的名声如此之臭,不觉一阵心慌,心头浮起了一层阴影,脸色也黯淡下来。

幸好亚当斯没注意到他的脸色,仍在兴致勃勃地介绍这个保险柜:"除去报警系统不说,单这密码锁,啧啧,这还有三道钢门,太坚固了。"

杰米一边喝着酒,一边不住地点头。

安娜笑着走了过来,说:"爸爸,怎么还在说您的保险柜呀,我们谈点别的好不好。"

一家人在一起说说笑笑,谁也没有注意到,此时,正有一个小老头悄悄走进院子。

来人不是别人,正是老侦探班·普瑞斯。原来,老侦探听说杰米要和安娜结婚,现正在亚当斯家里,他怕亚当斯上当吃亏,于是急匆匆地赶到这里,准备当面无情地揭穿杰米的老底,再把他投入监狱。

再说此刻,杰米挽着安娜辞别了亚当斯,正说说笑笑向门外走去,只见老侦探戴着礼帽,手拄拐杖,站在院门口,准备逮捕杰米。

老侦探掏出手铐,刚想上前,突然从房间里传来亚当斯的惊叫声:"天啊!"

杰米和安娜吃惊地转身一看,不觉也呆住了。原来,亚当斯的两个小外甥女不知天高地厚,一时玩得兴起,竟钻进了保险柜,不小心将柜门关上了!

杰米跑到亚当斯跟前,喊道:"快打开柜门,保险柜封闭太严,里面空气不足,用不了一会儿,孩子就会闷死的。"

亚当斯急得伸手拉柜门,可柜门丝毫没动。亚当斯一拍脑门醒悟过来:这是保险柜,怎么拉得开!

杰米在旁边喊:"别急,别急,您冷静地想一想,对号码,打开保险柜!"

亚当斯蹲下身,双手抱住了满是汗水的头,沮丧地说:"暗码还没……设定好。"

"那定时锁呢?"

"定时锁没安装呢!"

内行的杰米立即感到了事态的严重性!

两个孩子在保险柜里害怕极了,拼命地大喊大叫。一家人傻站着,一筹莫展。

安娜转过头来,焦急地看着杰米。此刻,她把满腔的希望都寄托在杰米身上:"斯宾塞,试试看好吗?"

杰米迎着安娜的目光,默默地转身取过自己的工具箱。

他抚摸着工具箱,心里像打翻了五味瓶:自己辛辛苦苦建立起来的幸福家庭、美好未来,看来即将成为泡影!自己动手打开保险柜,两个孩子虽然可以得救,但自己的身份便会暴露无遗。幸福必将随风而去!可又一想:自己能让心上人失望吗?能眼看两个孩子闷死吗?

杰米回头望着安娜,安娜也正充满希望地望着他。杰米心里说:决不能让心上人失望,决不能!于是他脱下外衣,毅然决然地打开工具箱。他心里说了句:别了,幸福的生活;别了,珍贵的爱情!

杰米脸上带着微笑,道:"安娜,把你戴的那朵玫瑰花给我好吗?"

安娜惊讶地看着他,把花递给了他。

杰米把花放进左侧衬衣口袋里靠近心口的地方,然后挽起袖子。眨眼间,那个文质彬彬的斯宾塞不见了,杰米又恢复了窃贼的本来面目。

杰米将工具一一拿了出来,开始了那再熟悉不过的动作。真是轻车熟路,不到十分钟,他便打开了保险柜,两个孩子满脸泪痕从里面跳了出来,孩子得救了。亚当斯一家围着两个孩子高兴得又哭又笑,又是亲吻又是流泪。

杰米掏出玫瑰花,深情地望着安娜,心里却异常的平静。他觉得自己毕竟以正直的人格,得到过真正的爱情,这就够了。安娜,让这朵玫瑰,伴我浪迹天涯吧!他一声不响地向门外走去,打算在亚当斯一家人尚未明白他是小偷之前,远远地离开。

杰米走到门口,老侦探挡住了他的去路。杰米开始一惊,可随即就恢复了笑容:反正自己已失去了爱情,到哪还不都一样呢!于是他对老侦探说:"你终于来了,我们走吧。"

可老侦探却出人意料地说:"对不起,您认错人了,斯宾塞先生。"说完,他转身向大街上走去。

原来,刚才的一幕老侦探看得清清楚楚。老侦探明白,杰米变了,在这一年中,杰米已改邪归正,开始了正常人的生活。如果自己再把杰米投入监狱,只能在他的伤口上再撒把盐。于是,在良心和法律之间,老侦探选择了良心;在道义和原则上,老侦探选择了道义。

杰米望着老侦探远去的背影,千言万语涌上心头,他无声地流下了眼泪。

这时安娜来到杰米面前,微笑着对杰米说:"斯宾塞,什么也不要说,我永远爱你!"

两人紧紧地拥抱在一起。

(孙太忠　改写)

　　马克·吐温（1835—1910），美国批判现实主义作家。由于从小就练就了一套演说和讲故事的本领，因此他很能设置悬念，抓住读者，并且擅长运用讽刺的手法，对当时美国的金钱社会作出无情的鞭笞。

　　《灵魂曝光》根据他的中篇小说《败坏了赫德莱堡的人》改编，尽管编者对情节作了较大的变动，但基本上保持了原作情节奇特、悬念性强以及讽刺性强、寓意深刻的特点。

灵魂曝光

　　在美国西部有一座叫赫德莱堡的小镇，这个镇里的人向来以诚实著称于世。这个名声保持了三代之久，镇上的每一个人都以此自豪，他们把这种荣誉看得比什么都宝贵。

　　镇里有位德高望重的理查兹先生。这天他有事出门，理查兹太太正一人在家里,忽然有一个长得很高大的陌生人,背着一只大口袋进来,很客气地对理查兹太太说:"您好,太太。我是一个过路的外乡人,到赫德莱堡来是想了却一桩我多年来的心愿。"说着,陌生人把那袋子放在地上,"请您把它藏好,不要让其他人知道。我现在该上路了,以后您也许再也见不到我了,不过没关系,袋子上系着一张纸条,一切都在上面写着。"说完,陌生人退出屋子走了。

理查兹太太感到很奇怪,见那只袋子上果然系着一张纸条,她忙解下,一看,上面写着:

我以前是一个赌徒,有一次我赌输了钱,走投无路,在途经贵镇时,有位好心人救了我,他给了我二十块钱。后来我靠那二十块钱在赌场里发了大财。我现在一心想报答那个曾经给了我钱的人,可我不知道他是谁,我只记得他曾对我说过的一句话,我相信他也一定记得他对我说的那句话。眼下,我麻烦您用公开登报的方式帮我寻找,谁要是说得出那句话的内容,谁就是我的恩人,袋里的金币就归他所有。我把那句话的内容写在袋里的一只封死的信封里,一个月以后的星期五那天,请贵镇的柏杰士牧师在镇公所进行公开验证。

理查兹太太看完纸条,心"怦怦"直跳,金币,整整一袋金币。她和丈夫做梦也没见到过这么多的钱!可谁是那个恩人呢?如果是自己的丈夫该有多好。她想着,忙将袋子藏好,一心盼着丈夫快点回家。

当天夜里,理查兹先生一回家,理查兹太太忙将发生的事告诉他。

理查兹先生听了大为惊疑,当他亲眼看到那些金灿灿的金币时,他相信了,他兴奋地摸着这些金币,嘴里喃喃自语:"差不多要值四万块哪!"

忽然,他脑子里闪过一个念头:把纸条和袋里的信封烧掉,到时候如果陌生人来追问的话,我们就说没这回事。但这个坏念头只在他脑子里一闪而过,最终他还是决定去找本镇报馆的主编兼发行人柯克斯先生。

这一夜,理查兹夫妇在床上翻来覆去不能入睡,他们绞尽脑汁想,到底是谁给了外乡人二十块钱呢?想来想去,在这个镇上,只有固德逊才可能做这样的事,但固德逊早就死了。一想到固德逊已死,理查兹太太不由埋怨起丈夫来,她说他不该这样性急,把事情告诉了柯克斯。

老两口想到这儿,立刻翻身下床,解开那袋子,他俩望着价值四万块的金币,这数字太诱人了,夫妇俩一辈子也用不完!有了它,往后再不会过紧巴巴的日子了。理查兹先生心动了,决定马上再去找柯克斯,让他别发那消息。

再说柯克斯先生回到家,把这件事也告诉了妻子,他们在猜测中,也认为只有已故的固德逊会把钱给一个不相识的外乡人。一提到死人,他俩突然沉默了。过了好一会,柯克斯妻子轻声说:"这件事除了理查兹夫妇和我们知道以外,就……就再没有人知道吧?"柯克斯先生先是微微一怔,接着神情紧张地看了看妻子,会意地点了点头,随即披衣下床,急急向报馆跑去。

他跑到报馆门口,正好碰上了匆匆赶来的理查兹先生。柯克斯先生轻声问道:"除了我们,再没别人知道这桩事吗?"

理查兹先生也轻声回答:"谁也不知道。我敢担保。"

"那还来得及!"柯克斯先生说了一声,两人走进报馆。

谁知找到发邮件的伙计一问,才知那伙计为赶今天的早班车,已提前把报纸寄出了。柯克斯和理查兹不由大失所望,只好垂头丧气地分手回家。

到了第二天,报纸出来了,整个美国都轰动了,人们都在议论这件事,都在急切地等待着事态的发展;人们要看看,那袋金币究竟归谁所有,一些邻近城镇的人还特地跑来,想见识见识这只装满黄金的袋子。还有许多记者也闻讯前来采访这只钱袋的来历。

一时间,赫德莱堡这个小镇的名字举世皆知,镇上的十九位头面人物更是笑逐颜开,奔走相告,他们为镇里出了理查兹这么个诚实的人而感到自豪。

然而一个星期过后,镇上没有人出来认领这袋金币,于是理查兹先生更加肯定那个人是固德逊无疑了。每天晚上,理查兹先生和其他十八户镇上的头面人家的先生和太太们,都在唉声叹气:"固德逊到底说的是一句什么话呢?"他们都在嘀咕:"如果我们猜得着该多好。"

一晃三个星期过去了,眼看离规定的期限只有一个星期了。

这天理查兹夫妇正闷坐在家里唉声叹气时,邮递员给他们送来一封信。理查兹先生一看信封,字迹很陌生,他懒洋洋地拆开,一看,顿时高兴得高声叫了起来:"天哪,我要发财啦!"

理查兹太太不知是怎么回事,忙拿过信来,只见信上写着:

> 我是一个外国人,与您素不相识。我在报上看到了那条消息,而我是唯一知道这个秘密的人,让我来告诉您,那个给钱的人是固德逊。那天我和他一同在路上走,碰到那个倒霉的外乡人,固德逊给了他二十块钱,对他说了一句话。记着,那句话是:'你绝不是一个坏人,快去悔过自新吧。'也许您奇怪我为什么要告诉您这个秘密,因为固德逊曾经向我提起,说您帮过他一次大忙,他一直想回报您。现在他既然死了,那么这笔原该属于他的钱应该归您。
>
> ——史蒂文生

　　理查兹夫妇把这封信看了一遍又一遍,高兴得眼泪都流出来了,两人紧紧地拥抱在一起。过了一会,理查兹太太才想起问理查兹先生:"亲爱的,当初幸亏你帮过固德逊。可是你怎么没对我说过这件事?"

　　理查兹先生十分尴尬,他嘴里只是:"这,这……"可心里也在想,自己什么时候帮过那个固德逊,以致使得他值得用四万块钱来回报?

　　这一夜,理查兹先生又失眠了,他极力在想自己到底帮过固德逊什么忙。他认为自己肯定帮过他,只是自己忘了,想不起来了。也许是拯救过固德逊的灵魂,可他记得那次他去劝固德逊入教,却被他臭骂了一顿;也许是拯救过他的财产,也不对,固德逊是个穷光蛋,根本没有家产;噢对了,自己也许在河里救过他的命,可是自己并不会游泳呀! 想来想去,理查兹先生想得头昏脑涨,精疲力竭,最后昏沉沉地睡着了。

　　但是,可怜的理查兹夫妇万万没有想到,就在他们收到这封信的同一天,镇上其他十八位头面人物也收到了同样的信。信的内容相同,笔迹也一样,只是信封上收信人的名字不同而已。

　　第二天,人们惊诧地发现,那十九位主要公民以及他们的太太,个个兴高采烈、喜气洋洋。人们摸不透这些人家里发生了什么天大的喜事。

　　而镇里的建筑师则鸿运高照,一夜之间他的生意突然好得惊人,那些主要公民的太太一个接着一个地悄悄来对他说:"下星期一到我家来,不过现在不要声张。我们要盖新房子了。"喜得建筑师差点要手舞足蹈。

　　在这些人兴高采烈之时,镇上有一个人则处在惶惶不安之中,他就是柏杰士牧师。不知为什么,牧师这一天好像见了鬼似的,只要他走到偏僻的地方,就会从角落里窜出一个人来,悄悄地塞给他一封信,对他说:"请星期五在镇公所拆开。"然后又悄悄消失了。

这天，牧师一共收到十九封信。牧师不禁奇怪：可怜的固德逊已经死了，怎么还会有这么多人来认领这袋金子呢？

星期五终于到了！

这天，镇公所打扮一新。一大早，镇公所大厅里、过道上都坐满了人，一些头面人物还被邀请坐在主席台上，四方来的特派记者也都赶来了。那一袋黄金就放在讲台上，人们不时踮起脚尖向前望那袋金币，心里盼着早点开会验证。

牧师走上讲台，他先讲了一通赫德莱堡镇的光荣历史，又讲了一通诚实的可贵，然后宣布进行公开验证。这时全场鸦雀无声，人们瞪大了眼睛。

只见牧师从自己口袋里掏出一封信，高声朗读起来："我对那位遭难的外乡人说的那句话是：'你绝不是一个坏人，快去悔过自新吧。'"他顿了一顿，说道："我们马上就可以知道这句话与钱袋里封藏的那句是否相同，如果相同，我想，这袋金子就是——"他低头看了一眼刚才读的那封信的签名，"毕尔逊先生！"

"噢——"全场一阵轰动，接着有人开始起哄吹口哨："毕尔逊？他会给别人钱，不可能，别骗人了。"

牧师吃不准到底是怎么回事，手里拿着信，茫然地望着大家。

就在这时，镇里的威尔逊律师站了起来，指着毕尔逊高声吼道："他是一个窃贼，没人相信他会给外乡人钱。那句话只有我一个人知道，因为那二十块钱是我给那个外乡人的，我想，毕尔逊肯定是偷看了我的那封信。"

全场的人被律师的话说愣了，一个个看着牧师。

牧师忙从衣袋里又掏出一封信，拆开读道："我对那个外乡人说的一句话是：'你不是一个坏人，快去悔过自新吧。'"他一看底下签名，果然是律师。他不禁问道："你们两个究竟谁给过外乡人二十块钱?"

"我给过!"

"我给过!"

毕尔逊和律师同时叫了起来。

"这可怎么办? 我这里只有一袋金子呀。"牧师无可奈何地说。

这时场下有人高叫:"快拆开袋子里的信封吧,看一看那上面是怎么写的!"

一句话提醒了牧师,他连忙打开袋子,从那封死的信封里取出了信纸。他做了个手势,场上顿时安静下来。只听牧师高声朗读道:"那句话是:你不是一个坏人,快去悔过自新吧。"

牧师刚念完,律师跳了起来,激动地说:"我说的和那上面说的完全一样,可毕尔逊说的有出入。"

牧师忙把他们两人的信对照一看,果然,律师和钱袋里说的都是"你不是一个坏人",而毕尔逊上面却写着"你绝不是一个坏人"。

人们被激怒了,叫道:"把毕尔逊抓起来,他玷辱了我们镇诚实的荣誉。""他是一个无耻的窃贼。"

"秩序,秩序。"牧师大声说着,用木槌死劲敲打着桌面,好不容易才使大家平静下来,只见律师洋洋自得,仿佛那袋金子已经是他的了,而毕尔逊脸色苍白,坐立不安。大家猜想牧师接下来应该宣布这袋金子归律师所有了,因此纷纷向前拥,想亲眼看看这一激动人心的场面。

不料牧师非但没有马上宣布,而且告诉大家说:"我现在还不能宣布,因为我口袋里还有十七封信没有念呢。"

此话一出,大家给弄糊涂了:"什么,还有十七封?"于是一个劲地叫着:"快念,快念。"

牧师便一封一封地念起来,谁知每封信里写的话都是:"你不是一个坏人,快去悔过自新吧。"信尾的签名,有银行家宾克顿、报馆主编柯克斯、造币厂老板哈克尼斯等等,都是镇上赫赫有名的头面人物。

人们终于明白,这原来是一场贪财的闹剧!会场里沸腾了,每当牧师念一封信,大伙就一起哄笑,对那些签过名的头面人物来说,这种哄笑简直比叫他们去死还难受。他们明白,这是当众出丑,使他们内心的虚伪暴露于众。这场景可忙坏了那些特地起来的特派记者,他们不停地写着,要把这个特大新闻公之于众。

这时,坐在场子里的理查兹夫妇紧张极了,眼看牧师已经念完了第十六封信,"上帝呀,最后一封该轮到我了!"理查兹先生见牧师正伸手往衣袋里去掏信,他的心猛跳着,不禁闭上了眼睛。而场上的人们正在等待着,最后一个不知该轮到哪一位伟大的"诚实君子"呢!

可是,牧师在口袋里摸了半天,突然对大伙说:"对不起,我已经把信念完了。"

理查兹夫妇听到这句话,简直比听到福音还要激动:上帝保佑!夫妇俩惊喜得连身子都发软了。

这时,台下有一个人站起来说:"我建议,这袋金币应该属于全镇最诚实廉洁、唯一没有受到诱惑的理查兹先生。"

他的话音刚落,场下响起一片掌声,这掌声使理查兹夫妇羞得几乎无地自容。

这时,牧师从钱袋里捧出一把金币,看了看,突然他的脸色变了,他拿起一块金币放在嘴里咬了一下,抬起头对大家说:"上帝,这哪是什么金币,全是镀黄的铅饼!"

"�$——$"

全场一下变得鸦雀无声,大家几乎不能想象金币怎么变成了铅饼。接着就有人咒骂起来:"该死的外乡人,该死的赌徒,他是在耍弄我们!"全场又混乱起来。

"秩序,秩序。"牧师忙又用小槌敲打桌面,说道,"钱袋下面还有一张纸,让我们来看看上面写了什么。"说着,他双手展开纸条,大声念道:

"赫德莱堡的公民们,其实根本没有什么外乡人,也没有什么二十块钱和金币。原因是因为有一天我路过你们这里,受到了你们的侮辱,我发誓要报复你们,报复你们整个镇的人们。后来,我发觉你们并不像传说中那么诚实,而到处都显示着虚伪和欺诈,因此我故意设了这个圈套,目的是要使你们镇里最有名望的人都来出丑,让这个所谓诚实的镇在全国出丑……"

牧师读到这里,头不由低下了,说:"他赢了,他的那袋假金币把我们全镇的人都打败了!"

"不,有一个人他没有打败,那就是理查兹先生。"

说话的人话音刚落,赫德莱堡的人突然像被谁注射了一针强心剂,一起高叫起来:"理查兹万岁,万岁理查兹!"他们为镇里还有这么一位不受金币诱惑的公民而自豪。人们过来,把理查兹先生扛到了肩上。

牧师显然也从沉重的打击中清醒过来,说道:"对。我们应该为理查兹先生庆功。我建议,我们立即当众拍卖这袋假金币,把拍卖的钱全部赠送给理查兹先生!"

牧师的建议立刻得到大家的赞同。拍卖由一块起价,十二块,二十块,一百块,最后由造币厂老板哈克尼斯唱出四万块买去。

理查兹夫妇做梦也没想到这袋不值十二块的铅饼竟能卖到四万块,而且还是归他所有。散会后,人们唱着歌,把理查兹夫妇送到家中,哈克尼斯送上自己签名的一张四万块现金支票。

那么,哈克尼斯为什么甘愿出如此高价收买这袋假金币呢?他并不是傻瓜,他知道这袋假金币已成为众人皆知的虚伪的象征,他将这袋二千枚假金币收下后,全铸上"快去悔过自新吧——宾克顿(签名)"然后发给每一位选民。这样,在接下来竞选州议员的时候,这位造币厂老板便轻而易举地打败了对手宾克顿。

再说理查兹夫妇得到这笔钱之后,反而睡不好觉,吃不好饭。这天,牧师托人送来一封信,理查兹先生赶忙关上房门,拆开信一看:

> 那一天是我存心救你,你的信我并没有丢失。我之所以这么做,是为了报答你曾经挽救过我的名誉。我是一个知恩必报的人。
>
> 柏杰士

理查兹先生看完信,只觉天旋地转:自己的把柄落在了牧师的手里。他不是说"我是一个知恩必报的人"吗,这很明显,他是在暗示我要报答他。天呐,这该死的钱,该死的诱惑!

理查兹夫妇实在受不了内心的谴责和怕事情败露的危险,加上年事已高,不久就先后患重病死了。

赫德莱堡的人不禁叹息:"嗨,可怜的理查兹夫妇没有福气呵。他可是我们镇最诚实的人!"

(秦　钟　改写)

　　埃德加·爱伦·坡(1809—1849)，十九世纪美国诗人、小说家和文学评论家。其作品语言和形式精致优美，内容多样。亦是美国三大恐怖小说家之一，被称为"侦探小说鼻祖"。短篇小说有《怪诞故事集》、《莫尔街凶杀案》等。

魔窟巨涡

　　在挪威北方罗浮群岛的一个无名岛上，零星地散居着十来家人家。

　　一个夏天的深夜，天色乌黑一团，空气异常闷热。玛丽娜翻身起床，看了看摊手摊脚躺在身边的男人，蹑手蹑脚地穿过起居室，摸黑来到旁边另一小卧室，轻掩上门，点上一支小蜡烛，然后从柜子里拿出一个黑布包裹，慢慢打开黑布，里面是一张男人像。她把它搁在耶稣神龛前，嘴里喃喃祈祷着，眼泪扑簌簌地直往下淌。

玛丽娜是外村嫁过来的,她的丈夫叫乔巴依。乔巴依兄弟三人住在一起,乔巴依是老二,哥哥和弟弟都未婚娶。兄弟三人靠捕鱼为生。玛丽娜嫁过来不久,就发觉大哥麦克思不大正经,一张大嘴臭烘烘地有意无意老往她脸上拱,真叫人恶心。她终于忍不住把这告诉了丈夫,忠厚老实的乔巴依不大相信大哥会这样,还好言劝慰妻子不要神经过敏。有一天,玛丽娜帮助他们兄弟仨晒网,天气很热,她上身只穿宽松的短汗衫,两臂高举着在晒绳上理网。麦克思贪欲的小眼紧盯着她的胸前,看到她纽扣之间的开口豁得很大,两个半圆形的乳房闪来忽去地耸动着。麦克思突然像中了邪,竟把他毛茸茸的手直伸进去。玛丽娜惊叫起来,乔巴依闻声赶过来,什么都明白了,抢起就是一拳,把麦克思打得踉踉跄跄后退了好几步。麦克思知道自己不是老二的对手,只得悻悻地走了。

玛丽娜记得去年的一天,清早,时钟刚敲四下,三兄弟就匆匆出门赶海去了。玛丽娜送走他们兄弟三人,正躺在沙发上打瞌睡。突然听到"窸窣"声,她睁开眼一看,一个黑影正在那落地座钟上拨弄着什么。"谁?""我。"是麦克思粗哑的嗓音。

"你怎么回来啦?"玛丽娜觉得不对头。"我不知怎么肚疼得厉害。哎哟!"麦克思捂着肚子上茅厕了。玛丽娜没想到,从此就再也看不到丈夫了。人们都说肯定被卷进了魔窟巨涡,因为那艘小船的碎片已经发现好几块了。没隔多久的一个夜晚,玛丽娜被色魔麦克思奸污,从此就一直不断遭到蹂躏。一个孤单的弱女子,除了服从又能选择其他什么路呢?

明天就是丈夫死难一周年。正当玛丽娜在为亡夫祈祷时,突然一个黑影摸到她身后。"你还真多情啊!"玛丽娜吓了一跳,马上用哀求的口吻说:"麦克思,明天是乔巴依和约翰的周年祭日,我想……"麦克思不等她说完,就大发雷霆地骂道:"你这个臭婆娘,躺在一个男人的床上,还在想着另一个男人,真是够骚的啦!"

善良的玛丽娜受此污辱,气得浑身发抖,她边哭边诉道:"你这样说不罪过吗? 你不怕下地狱吗?"麦克思更加暴怒,一把揪住她的头发死命往后拽:"你胆敢反抗? 你敢咒我下地狱?"玛丽娜不知哪来的勇气,更加拼命地喊叫道:"你的罪孽你最清楚! 为什么正好出事那天你肚子疼了? 为什么肚子疼却鬼鬼祟祟地去拨弄座钟? 你这恶魔,上帝不会放过你的……"麦克思一听,发疯似的朝她身上打,玛丽娜拼命地嘶叫着、反抗着。

突然,"咚咚咚"一阵激烈的敲门声,两人同时往窗外一看,一道闪电划过,电光照见一个披头散发的身影。

"你是人是鬼?"麦克思恐惧地问。

"我是过路的。"

麦克思这才放心地开了门。只见门口站着一个看上去有六七十岁模样的老头,一头白发披散在肩。他手里提着一个长方形的篮子,自我介绍说是从另外一座岛上来的,明天是他弟弟罹难一周年的祭日。眼看天要下大雨,想先在这里暂时避一避。

玛丽娜感到很奇怪,问道:"为什么海祭非要到我们这个无名小岛上来?"

"因为他是死在离你们这岛不远的大漩涡里的。"

"这太巧了,太巧了。"玛丽娜连连说道,双眼盯着麦克思,几乎用命令的口吻说,"麦克思,你明天也应该去海祭你的两个弟弟,否则的话,他们的灵魂不会安息,你的灵魂更不要想得到安息!"

麦克思正想发作,但在这个不速之客面前他只能强把这口气咽下,勉强地"嗯"了声,就回卧室了。

一夜狂风暴雨下来,岛上的崎岖小路更加难走。麦克思、玛丽娜和陌生人从早晨出发,向岛上最高崖顶爬去,大约中午才到达那里。崖顶有一块石板搭成的简易祭台,周围开阔约十几平方米,三面依岛,一面临海。临海一面是悬崖峭壁,两棵老松从崖顶伸向海面,像两臂伸向大海,在为罹难者招魂。

陌生人不紧不慢地把带来的酒、菜、点心放在祭台上。麦克思向来嗜酒如命,他毫不客气地坐在那里狂饮起来。玛丽娜和陌生人默默地坐着,凝望着大海。

悬崖下的汪洋大海浊浪滚滚。大约五公里的地方,是一座叫浮尔岛的大岛,另一座小岛叫魔窟岛,成千上万个小浪头,在两座岛之间的海面上东奔西突,看上去非常恐惧。

玛丽娜看着海面,心里越来越怕。此时周围传来的海涛声越来越嘈杂,海浪越来越汹涌,突然刚才那些东奔西突的小浪头汇成一股巨流向东奔腾起来。眨眼间,海水好像煮沸的开水,最厉害的地方就是魔窟岛和海岸之间的那一段,巨浪似万马奔腾,转而化成一个宽约 2 公里、水流湍急的巨大漩涡,发出让人心颤的声音。

这时,玛丽娜觉得脚下的山石被震得发抖。"这就是'魔窟巨涡'吗?可怜的乔巴依就是葬身在这个可怕的黑洞里的吗?"玛丽娜喃喃说着,紧张得双手紧紧地攥着陌生人的手臂。

陌生人见麦克思已喝得烂醉如泥,便低沉地向玛丽娜介绍起魔窟巨涡的由来。

魔窟漩涡的形成,主要是受潮流影响。但它也有间歇时间,那是在涨落潮之间大约 15 分钟时间内,海水十分平静,而漩涡的持续时间是三个小时。这是十分有规律的,胆大的人只要在这间歇的 15 分钟内穿过漩涡区,就能到别人不敢到的海域,捕到更多的鱼。但是如果对风向、流速、时间等因素稍有疏忽,那就会被吸进漩涡,后果不堪设想。

玛丽娜听到这里,好像突然从噩梦中醒来一样,大哭道:"现在我完全明白了,正是这个畜生害了我的乔巴依啊。上帝为什么不来惩罚他!"

陌生人回头望了一眼烂醉如泥的麦克思,忽然从腰间解下一根长麻绳,把麦克思来了个五花大绑,然后把他拖到悬崖边的大松树下,将绳子的一头系牢在树上,把麦克思吊下悬崖。不一会,麦克思被海风吹醒了,惊恐地大叫起来。

陌生人转向玛丽娜说:"现在我要讲一个故事,"接着他对哇哇乱叫的麦克思道,"麦克思先生,你只能先委屈一下。等我讲完故事,你就会解脱的。"

玛丽娜奇怪地望着陌生人,听他讲起了故事。

在这个岛上有兄弟三人,经常趁魔窟巨涡平静之际穿过海面,到那个别人不敢去的海域捕鱼。他们家有一只钟是瑞士一家有名的钟表匠特制的,是当地出名的好钟,从不出差错。每次出海前,他们先把表的时间校准,七年以来一直如此。

然而就在一年前的今天,他们决定趁天不亮去赶海。那天天很黑,晚雾浓重,三人出门没多久,老大突然说肚子不舒服不想出海了,老二、老三一分钟也不敢耽搁地上船出发了。

兄弟俩看准手表,驾着小船驶向漩涡区。这时月光照在海面上,泛出一大块、一大块的清光,显得特别平静。"真是太幽静了,太美了。"老三似乎有点陶醉在诗情画意中,但老二却觉得有点平静得异样。正在这时,风向突变,大片褐色的云块急速地在他们头顶上聚集,一会儿褐云变得乌黑,他们像蹲在黑匣里一般,伸手不见五指。刹那间暴风雨骤起,老二赶紧趴在船中央,抓住了那里的铁环。

巨浪扑到船上,卷走了所有没系住的东西,水淹没了老二,他紧抓铁环,挣扎着把头伸出水面。他感到有一只手抓住了他的手臂,他知道老三还活着,心中一喜。

"魔窟巨涡!"老三几乎是歇斯底里地叫喊道。

老二一听,顿时惊得浑身直打冷颤。他不明白,怎么会在这个时候就出现了漩涡!

一个巨浪把船高高地抛出水面。借着月光,老二迅速地看了一下周围,顿时吓得魂不附体,只见大漩涡已近在前方50米处,漩涡里发出的呼啸声盖过了风暴声。老二恐惧地闭上了双眼。

小船不到一分钟就被推进漩涡周围的"白水区",船头被冲转了向,开始围绕着漩涡旋转起来。

风停了,从漩涡里传出的声音如虎啸般恐怖。船很快就要掉到漩涡底下去,大海在他们左边像一堵水组成的高墙;右边是一个深不见底的大窟窿。船在迅速地往下旋。老二知道,用不了多久,船就会撞在海底的礁石上而粉身碎骨。

船在漩涡边急速地旋转了约一小时,慢慢地被吸向内侧倾斜面。老二仍然紧握着铁环,老三攥着一个空水桶,水桶由一根绳子系在船上。突然,老三放开水桶向老二冲来,他像疯子似的拼命把老二的手掰开。老二简直不敢相信平时性格内向、还带几分腼腆稚气的弟弟哪来那么大的力气,老二不想和弟弟争铁环,他顺从地放弃铁环,去抓水桶。

船继续疯狂地旋转,突然船快速跌落下去,老二紧闭上眼睛,心想末日已经来临,但求死得干净利落些。但奇怪的是,过了一阵,船不再下落,老二张开眼睛一看,船已经被卷在漩涡的半腰之际。漩涡的形状是 V 字形的,四百米深,一千米宽。周围的一切在月光下显得清清楚楚。他把周围可怕而又奇特的景象看了两三分钟,突然发现了一件奇怪的事:漩涡的倾斜面很陡,他们的船虽然跟着旋转,但却犹如平时航行一般平稳。船在疾速下降到大约一半的地方开始减速了,每转一圈只下降一米。老二向周围仔细地看了起来,他很快发现,他们的船并不是这漩涡中唯一的东西,在他们上面、下面,还有其他船只的残片、无根的树、各种盒子和棍子,甚至还有一些桶。他盯着这些东西,想看看哪些东西先消失在漩涡底。

第一次,老二对自己说,那棵树肯定先消失,但错了,一艘比他们的船还大的大船,旋到树的前面,直往下旋去,不一会就消失得无影无踪。

忽然一个令人激动不已的想法闯进了他的脑海,他的腿开始剧烈地抖动起来,不是因为害怕,而是因为有了生还的希望。

他观察到的现象是,一个大的物体在漩涡中下坠的速度要比小的快。一些小的东西如木片和盒子,也许永远不会到达海底。这些小东西在漩涡结束后它们会被抛上海面。他看到过一个黄色的木桶在漩涡中打转,木桶曾经离他们很近,但现在已经在他上面很远的地方了。也就是说,他们的船比木桶要下降得快得多。

老二一分钟也没有犹豫,他把水桶从船上解开,并向老三做着手势,指了指水中其他小东西。但老三不知懂了没有,只是摇着头不愿意放开那个铁环。

已经没有时间犹豫了,老二迅速把自己和水桶系牢,并将剩余的绳子留给了老三。可老三还是摇摇头,拼命地抓紧铁环,老二只好带着木桶跳进了水中。

老三的船和老二的木桶在漩涡中又转了一会,船已经在木桶下面50米的深处了,船越转越急,发了疯似的,不一会儿,只见它在漩涡底处一块大礁石周围转了一圈之后,就一头向礁石撞去。

老二的木桶又行了一个多小时,降得很慢很慢,离海底还很远呢。

漩涡开始转变了,四周的倾斜变得浅了,木桶的速度更慢了,漩涡底好像在升起来向老二靠近。

一会儿,天空一片晴朗。风还在呼啸,海水仍很汹涌,风把老二吹到海岸边,被一些渔民看到后,把他拖上了岸……

陌生人说到这里，长长地舒了一口气，沉默了一会儿。

"这个故事很惊险，是吗？我想现在你们应该知道我是谁了吧！"

麦克思低下了头，不知该说什么。玛丽娜和陌生人四目相对，她这才发现，面前的这双眼睛是那样熟悉，它曾把爱情的热流千百遍地传递给她。她扑到他的胸前，仰起一双泪眼望着他那一头白发："乔巴依！亲爱的，你怎么会变成这样子的？"

"玛丽娜，我亲爱的。上帝保佑我逃出了魔窟巨涡，但我的头发和胡须在三个小时里竟一下全变成如此白苍苍的了。救我上船的同村人居然没有一个认得我，我当即决定隐姓埋名，在一家孤老那里整整住了一年。"

麦克思突然痛哭流涕地哀号道："乔巴依，我的好兄弟，你不能冤枉你的大哥啊。我没……"

"我原来还只是怀疑你，但昨天晚上我在窗外已经什么都听到了。你还想抵赖吗？你如果愿意忏悔，念多年手足之情，我可以放你下来；不然的话，那就只有叫你到小弟那儿去忏悔了。"乔巴依拿着水果刀对着麻绳。寒光闪闪的刀锋只要这么一挑，麦克思就会坠下海去。

"我愿意忏悔！"麦克思急叫道。

这时，玛丽娜突然吼叫道："你这不要脸的畜生，你、你杀害亲兄弟之后，一年来百般蹂躏了我。你还有丝毫人的气味吗？你是个十恶不赦的恶魔！你只配下地狱！"玛丽娜越说越气愤，突然从乔巴依手中一把夺过水果刀，"嚓"一刀割断了绳子。只听"啊"一声惨叫，麦克思就像一个大铺盖，直直地掉进了汹涌的海涛之中。

这时，海面上又一个魔窟巨涡形成，麦克思刹那间就被奔流的海水推进了那深深的黑洞之中……

（伏　辛　改写）

亨利·迈尔斯·默海墨,美国现代作家。他的小说具有清醒的现实主义的美学特征,也避免了通俗小说的浮躁和故弄玄虚,因而具有合理的故事结构和引人入胜的阅读效果。

本故事是根据《一只脏抽屉》编译的,作品很能代表亨利的写作哲学和个人风格。故事的收场出人意料,具有强烈的悬念意味;故事情节一波三折,每一波折都呈现出不同的生动画面,又具有情节的形式感。

教授的心机

诺曼·洛根虽然是位植物学教授,却穷得叮当响。这天,他又拿了三张票据,向银行走去。当他一踏上银行台阶,一件窝囊事不由涌上心头。

那是十个月前的一天,洛根去银行兑换债券。那个肥胖的出纳特里特接过兑换券，瞟了他一眼，进入里间，一会便付给洛根现金。洛根接过钱，点了点，忽然皱起了眉头，开口说道："特里特先生，您弄错了吧，怎么少了两百元？"

特里特翻翻小眼睛，说："少两百元？不会，不会。"他冷冷一笑，"你以为银行钱多，就可以信口开河乱说吗？"

洛根火了，就大嚷起来。这一嚷，惊动了银行经理，听了他俩的叙述，经理一时也难断定谁是谁非，便叫来检查员当场核对特里特的现金，结果现金是平衡的。

洛根这下是有口难辩了，但他心里清楚，这两百元准是特里特吞没去填他的现金缺额了。可是口说无凭，一时奈何他不得。但洛根也不是任人耍弄的人，对此他一直耿耿于怀，见了特里特就向他讨。

今天，洛根到银行兑换钱，他再也不愿和特里特打交道，便径直走进经理室。谁知经理见他手拿债券，就给特里特挂电话。

洛根忙问："找特里特？"

经理说："你还不知道，特里特已升任科长了。"

洛根听说特里特竟当上科长，真像吞了一只苍蝇一样感到恶心。但他没再说什么，跟着经理来到靠近边墙的一张笨重的桌子旁。经理示意他坐下后，便点点头走了。

等了一会，特里特来了，他旁若无人地往圈椅上一坐，悠悠地抬起眼皮，用一种打量乞丐的目光扫了洛根一眼。

洛根见他这副神态，不由勾起往事，就探身问道："喂，特里特先生，你什么时候还我两百元钱呀？"

"两百元？你还提那两百元？"特里特阴冷着脸，恶狠狠地说，"我警告你，洛根先生。我在银行干了许多年了，可不许你坏了我的名声！你以为像我这样有钱有地位的人会为那一点钱毁了我自己吗？我再不想听你的唠叨了！"说完，他起身进入里间去打电话了。

　　洛根见他如此傲慢无理，真想扇他两记耳光，但他忍住了。他看着特里特那胖胖的、自满的、男管家式的样子，心里说道：你想把我当傻瓜耍吗？哼！我要让你尝尝我的厉害！

　　洛根在那儿干坐了好一会，仍不见特里特回来。他恼火地四下打量着，突然，他的眼睛被一只抽屉吸引住了。那抽屉在桌子上部边上，上面把手掉了，只留下两个小洞。他用指甲抵住抽屉底用力一拉，抽屉竟无声地开开了。

　　洛根见抽屉里面既乱又脏。泛黄的纸上铺着一层灰尘。到处是生锈的回形针，里面挂着落满灰的蜘蛛网，还有一页废弃的台历。台历上记着 1936、10、2。呀！三十多年了，居然没有人动过它！

　　洛根不想再等特里特，他回到公寓，可脑海里却一直活跃着那只脏兮兮的抽屉。突然，他跳起来，抬手打了个响指，一个美妙的计划形成了。他兴奋地说："特里特，走着瞧吧！"

　　几个星期后，当他拿到 10 月份的薪金时，他决定走第一步棋了。

　　他先到商店买了一只仿真手枪式香烟盒，借到银行办事之机，瞅空儿把它塞进了那只没人过问的抽屉里。事后，他伺机去查看了几次，确信没人发现过，于是，便决定行动。

　　圣诞节那天上午，洛根踏着土坡上的积雪来到银行，从保险箱中取出四份债券，填好兑换现金的单子。他和经理点头招呼后，便坐在桌子旁等着特里特。此刻，圣诞颂歌悠扬的旋律在耳畔飞扬，洛根的整个身心都沉醉在这美妙的氛围之中，他把债券放在记录册上，右手拉开抽屉，左手取出了手枪。

　　这时，特里特手提一个黄色大包，腆着肚子走过来。他拿起洛根填写的单子，提起圆珠笔划了两下，又仔细地瞧了瞧数字，说："喂，洛根先生，总数是 83.50 美元。"

　　洛根说："我还想加点别的东西。"

"什么东西？"

"20美元票面的,要一万美元!"

特里特听了差点笑出声来,他眨了眨眼,盯着洛根的脸,但突然,他脸上笑容没了,只见一个黑森森的枪口正对着他。

洛根低声命令:"现在回到你的工作台,把钱取来!"

特里特吓得语无伦次:"别……别……"他把头转到经理室那边。

"看着我!"洛根猛地敲了一下桌子。

特里特连忙转过身,哆嗦着说:"我给……给你!"

"听我讲!"洛根凶狠狠地说,"把钱放在袋中,拿到这边来。"

特里特本想拖延,但一看到洛根完全是有备而来,他的最后一点自尊心似乎彻底垮掉了:"好吧,好吧,我去拿。"他拖着双腿向工作台走去。

洛根见特里特一关好办公室的门,身子就从玻璃窗下消失了,他赶紧把手里的仿真枪塞进了抽屉。与此同时,经理室的电话铃响了。

一分钟后,只见一个矮个子警卫冲过来,迅速伏在柜台一角,用冲锋枪对准了洛根:"不许动! 举起手来!"

洛根举起了手。

这时,特里特和经理走了过来,在枪的保护下,三个人哈着腰,一步一步靠近洛根。洛根见了差点笑出声来,他把手举得高高的,说:"我能问发生了什么事吗?"

特里特气急败坏地嚷着:"你想抢劫我一万美元,你持枪抢劫银行! 你别装蒜了!"

洛根脸上露出一副惊愕的神情,接着像没看到警卫手中的枪似的把手放下来,站在那里,一副似怒非怒的样子:"我说,特里特先生,我不明白你的话。"

特里特并不答话,急切地命警卫去搜洛根的枪。可是警卫搜遍了洛根的全身,也不见枪的影子。

警卫茫然地望着特里特:"他没枪。"

"他有枪!"特里特气急败坏地一把推开警卫,伸出肉鼓鼓的肥手去掏洛根的口袋。

洛根说:"我根本就没有手枪。"

"你有,我刚才看得清清楚楚的。"特里特猛地拽掉洛根的上衣,翻袖子,搜裤兜,可全身搜遍了也不见手枪影子。

特里特又快步跑到桌子旁,嘴里说着:"肯定在附近什么地方,我们刚才就坐在这里。"说着,便开始在工作台上翻找起来,可是仍不见枪的影子。

洛根知道他没戏唱了,便一边从肩膀上除下吊带,一边大声说:"还要搜吗?我把衣服全脱了,让特里特先生搜个够。"

经理说:"不,不,那没有必要。洛根先生,警卫已经说过,你没有枪。"

特里特急了:"不,经理先生,你一定要相信我。他刚才确实是用枪威胁我——"

经理一耸肩说:"我不知道该相信你什么?又没有钱失踪。我们在这件事上已经够使洛根先生为难了。"

经理说着,过来帮洛根整整衣服,把他拉到桌子一边:"这件事很严重,洛根先生,请坐下来。现在我想知道你是否为此而起诉银行。在我们银行,出现这种事的确很糟糕——"

"经理先生。"洛根微笑着说,"我不想抱怨任何人。我想特里特先生肯定是心理失常,产生了幻觉。"经理点点头,而后亲自付给他83.50美元,又说了一大堆抱歉的话,把洛根送出银行。

洛根出了银行,踏在松软的积雪上,吹着圣诞颂歌的口哨,心里美极了。

此后几个星期内,洛根来过几次银行,就像什么事没发生过一样。然而特里特一见到他就忐忑不安,特里特在银行的信誉动摇了,他失去了过去那种老成、平稳的银行家气度。

到了三月份,洛根开始走第三步棋。当他坐到特里特斜对面时,特里特又看到了他用手枪对着自己,而且低沉地、凶狠狠地命令:"给我拿一万美元来,一次性的,快一点!"

特里特既没吭声,也没有半点反抗,他快步去拿钱了。等特里特一走,洛根又把枪塞进抽屉,接着拎起手提箱,站在桌子一旁。几分钟后,见特里特提着一个小布袋走了出来。

洛根把那簇新的一千元一束、用黄纸条扎牢的票子放进手提箱里,然后说:"好,我们现在两讫了。听着,特里特,如果在我出银行之前就拉警报,我就只好给你一家伙。"说完,用手戳了一下他的鼻梁,"现在滚回你的工作室里去!"

等到特里特一转身,洛根迅速把钱从手提箱里取出来,统统塞进那只抽屉里。然后提起箱子,走出银行。但他走到银行大门口,却站下来,好像在等公共汽车。几秒钟后,报警器尖叫起来,警卫飞奔过来,经理和特里特也奔了过来,把洛根团团围住。洛根望着他们说:"先生们,又怎么啦,嗯?"

他们把洛根"请"回进银行,又像上次一样,搜查了他的全身。但这次洛根装着受了侮辱,露出一副恼怒的样子。而恰恰相反,这次特里特倒显得心平气和,他得意地对经理说:"这一次我做好了准备,我特意选了票面为20美元的一万美元,并把我姓名的首字母WT写在系带上。钱嘛,现在就在他的手提箱里。"

洛根大声嚷道:"对天发誓,特里特,你又在玩什么花招?"

特里特冷笑着说:"不管我玩什么花招,箱子一打开,就什么都明白了。"说着,他劈手夺过洛根的手提箱,打开锁,把箱子倒了个个儿。谁知一看,他惊得魂都飞了:箱子里除了一堆改过的考卷外,没有别的东西。

特里特甩掉箱子,一把揪住洛根的领口:"我给你的钱呢?我亲眼看见你放在这手提箱里的!我看得一清二楚!"他使劲地操着洛根,脸如死灰,声音也变调了。

经理望着散了一地的考卷说:"好了,特里特先生,住手! 快住手!"

特里特放下手,又对着经理咆哮:"你不相信我! 你就是不相信我!"他喊着,"我要找到钱,我要让你明白到底是谁在撒谎!"他边喊边冲到那张笨重的桌子前,一挥手把桌面上所有的东西扫得一干二净,发狂似的使劲捶那张桌子,桌子被捶得"砰砰"直响,那只抽屉被震得向外移出半英吋。

特里特又双膝跪在地毯上,挥拳捶打着地毯,抓住地毯向上抖翻,扬起一阵灰尘。特里特也顾不得脏不脏,继续吼叫着,大口大口地喘着气,汗水把头发都浸湿了,一缕头发披散在脸上,简直成了个活鬼。

洛根发现了那只露出的抽屉,急忙转过身来,用嘲弄的口吻对经理说:"特里特大概疯了。经理先生,你得去安慰安慰他。"说着他把经理推到桌子边,抵住了抽屉。

经理要特里特安静一下,可特里特却死死抓住他的肩膀,叫着:"你要相信我,我要找到钱!"

经理气得一拳击在特里特头上:"你到哪里去找钱?"

特里特被击得倒退几步,突然"呜呜"哭了起来,边哭边说,"你要相信我,他是持枪威逼我。是一柄真枪——这不是我的幻觉。"

"那你为什么不叫警卫? 这是我们的纪律,你是知道的。"

"我只想一个人逮住他,他上次也是这么愚弄我的。"

"上一次的事情是一种幻觉呀!"

"但一万美元的失踪该不是幻觉吧?"

"这正是我疑虑的地方。我们会弄清楚事实的真相。但我不得不告诉你,你将被起诉,特里特先生。"

……

第二天洛根来银行,悄悄取走了那个抽屉里的仿真手枪和一万美元。回到寓所,他以特里特的名义,用打字机打了一个便条:

亲爱的经理先生:

　　我将归还钱款。对不起,我想我不知道我做了些什么。以后我也不会知道。

他把系带上的特里特姓名首字母 WT,模拟着附在便条结尾,然后,揩去钞票上的手印,把一万美元和便条一道塞进包裹,坐车到特里特家附近的邮局,把它寄出去了。

这天早晨,洛根接到银行经理打来的电话:"现在,事情有了着落了,"经理口吻轻松,但又带着悲哀,"特里特把钞票寄回来了,所以银行不准备对他进行起诉。不过,他不但否认拿走了钱,而且还拒绝承认归还钞票这件事。我们已把他辞退了。"

洛根说:"我想,他肯定不知道自己在做些什么。"

"是的。这句话他在给我们的便条中也是这么说的。无论如何,洛根先生,我只想说,我们给你添加了许多麻烦。"

洛根笑着说:"不,没什么,这是我应该做的。"

挂了电话,洛根穿过大厅,去上课了。

(夏一鸣　编译)

　　杰克斯·弗特利尔,美国现代侦探小说家。他的作品构思奇特,推理严密,情节曲折,引人入胜。

　　《神奇的越狱》是根据他的中篇小说《十三号牢房的犯人》中一次神奇的越狱情节改写而成,其情节新奇,有较强的幽默感。

神奇的越狱

　　杜森教授是一位举世闻名的美国科学家,他天庭饱满,目光锐利,但人瘦得像麻秆,淡黄而浓密的头发乱蓬蓬的,一副古怪模样。他那大脑特别聪明,并得到了"计算机"的美称。

　　这天,他和来访的朋友兰思姆博士闲聊时,大发宏论说:"人的大脑是万物的主宰!想干什么就能实现。"

　　兰思姆连连摇头说:"你夸大了大脑的作用,比如在监狱,犯人能把自己想出牢房吗?"

"计算机"说:"能,能! 你若不相信,我们可以打赌,你随便把我关进哪间牢房,我一星期后准出来。"

两个人从闲聊到抬杠结果动了真格的。第二天傍晚,兰思姆陪计算机前往奇士尔姆监狱。动身前,计算机对他的管家玛莎说:"一星期后的晚上九点半前,你得准备好晚饭,我和几位朋友要来家用餐。"

奇士尔姆监狱狱长听了他们的要求,十分惊奇,但他还是接受了这个特殊的任务,并批准了计算机提出的三个小小的要求:要点牙粉、鞋油、五美元和十美元钞票各一张。

监狱长决定把计算机关进十三号牢房。这牢房位于楼底层,监狱长打开厚实的牢门,让他进去,然后锁好门。

计算机就此与世隔绝了。

奇士尔姆监狱建在一片开阔地的中央,一共四层楼,用坚硬的花岗岩砌成,四周都是高墙电网。白天,囚犯们可以在高墙内的院子里放风,但关在十三号牢房的计算机是不让放风的。夜晚,四面围墙上的四架巨型探照灯把监狱照得如同白昼,探照灯的电线是在离十三号窗口不远处通上楼顶的。

计算机进入牢房,就站在床上,打算从那高高的窗口向外观察。但窗子高,看不见,他只能隐约听到汽船行驶的声音和天空中飞翔的水鸟鸣叫声。但他由此推断出墙外有一条河,又从同方向传来孩子们欢快的叫喊声,推断出围墙和河流之间有一片开阔地,是儿童的娱乐场。

计算机又审视那坚实的牢房墙和门窗,墙厚而结实,门窗装有铁栅。再回想刚才从大门到牢房共有七道关卡,要想从这些地方脱逃,那比登天还难。再看牢房里,除了铁床一无所有,连一块铁皮都找不到。吃饭家伙是木碗木匙,吃完就被看守收走。

计算机坐在床边冥思苦想,盘算越狱的门路。突然有一只耗子从他脚面上窜过,他吃了一惊,抬眼一看,见牢门下面暗处有许多小亮点盯着他,数一数有六对。他好奇地走过去,小亮点消失了。原来在门和地之间有一条两吋宽的小缝,耗子是从这儿钻出来的。他趴在地上,用他那细长的手指寻找洞口,终于探到一个圆洞了,伸进手指去,里面是干的,好像是下水道。

第二天午饭时,计算机向看守提出要求喝水,经监狱长点头,看守送来一木碗水,给他解渴。

两小时后,看守走过十三号牢房,听到里面有响声,他一看,哈,原来计算机在逮耗子,只见他两个手指捏着一只挣扎着的小灰耗子,兴趣盎然地观赏着。突然计算机头一侧,正好和看守四目相对,他朝看守咧嘴一笑,问道:"谁负责墙上的探照灯?"看守说:"照明公司。因为监狱没有自己的电工。"计算机听了脸上似乎露出了高兴的神色。

晚些时候,站岗的警卫看见计算机从牢房窗口扔下一件白色的东西。他拾起一看,是一小卷亚麻布,上面还系着一张五美元钞票,他赶忙送交监狱长。监狱长见亚麻布上写了一行密码般的文字,外面写着"请转交兰思姆博士"。监狱长横看竖看,百思不得其解。心想:这亚麻布大概是从他衬衫上撕下来的,但字从何而来呢? 监狱长亲自进行调查,他用囚衣换下计算机的亚麻衬衣,一对照,那块亚麻布果然是从这亚麻衬衣上撕下的。监狱长把衬衣拿走了。可是监狱长却忽略了那硬挺的衬衫胸布有三层,里层已经整个被取走了。监狱长询问字的来历,计算机拒不回答,监狱长也无可奈何。其实,计算机是用水调和鞋油作为墨水,鞋带的金属头正好做笔。

第三天,看守送来晚饭,计算机竟当面要求他帮助越狱,并以一千美元报酬为诱饵。看守严正拒绝了,并马上报告监狱长。监狱长为计算机的第二次失败欣然自得。

晚上六点钟,看守给计算机送晚饭,听到屋里传出金属摩擦的刺耳声,他透过门栅,见计算机正站在铁床上锉窗栅。看守悄悄转身叫来监狱长,又轻手轻脚来到牢房前,悄悄打开锁,突然闯入,果然搜到两块月牙形钢片。啊,这钢片是从鞋跟上弄下来的!看看窗栅,只是被擦得更亮而已,监狱长不禁暗暗觉得好笑。

第四天凌晨四时,突然一声恐怖的尖叫声响彻整个监狱,令人毛骨悚然。监狱长惊醒了,立刻领人冲向十三号牢房,然而计算机正舒舒服服地在床上打呼噜。可是那最顶层的四十三号却继续发出尖叫和痛哭声,监狱长急忙领人跑上楼去。

他们打开四十三号牢门,那个囚犯正跪在地上,他一见监狱长,就跪爬过来,死死抓住监狱长的手,一个劲叫唤:"求求你,把我带走吧!是我干的,是我干的,我杀了她,让她走开!"

监狱长惊奇地问:"让谁走开?"

囚犯说:"是我把酸泼在她脸上的。我认罪,让我离开这里吧!"接着他语无伦次地对监狱长说,他听到了阴森、恐怖、低沉的哀号,"酸——酸——酸——的声音,那是她在控告我,酸,是我泼的酸!那女人死了,噢!"

"酸?"监狱长重复着这个字,完全给弄糊涂了。

计算机被监禁的第五天过去了。白天,计算机又扔出一块亚麻布给外面的警卫,上面写着"只剩两天"几个字。监狱长看了亚麻布,感到惶恐,他弄不懂计算机又从哪儿弄来了亚麻布?从哪儿弄来钢笔和墨水?他也无法理解四十三号囚犯为何疯狂,他希望早点结束这场试验。

第六天,监狱长收到兰思姆博士的来信,说他明天来监狱见计算机。就在这一天,计算机接连交给监狱长三封信,仍写在神秘的亚麻布上,都是邀请他参加明晚九点半的家宴。监狱长又气又好笑,下令对十三号加强警戒。

第七天,监狱长更谨慎了,亲自多次到十三号牢房前巡视。

他见计算机躺在铁床上甜蜜地小憩,透过窗子照进来的昏暗光线,只见计算机面容呈现出憔悴、疲惫的神色,监狱长不禁摇摇头,一耸肩走了。

晚上七点半刚过,兰思姆博士就来拜访监狱长了。两人谈话刚开始,一名警卫来报告,朝河一面的探照灯不亮了。

监狱长一听,恼怒地说:"该死的,这计算机一来尽出怪事!"他一面派人监视十三号牢房,一面打电话给照明公司,叫他们立即派人来监狱修理探照灯。

去监视十三号牢房的警卫回来复命道:"那个黄头发的家伙好好躺着呢!"不久,来了三名电工,立即开始抢修探照灯。

这时门开了,进来两个人。"晚上好,先生们!"走在前面的是记者海奇,监狱长再朝他身后一看,猛吃了一惊:跟在记者身后的竟是十三号"囚犯",那个计算机教授先生! 他顿时呆若木鸡。

"你——你是怎么出来的?"监狱长结结巴巴问。

"到牢房去看看嘛!"计算机邀请道。

看守哆哆嗦嗦打开牢门,计算机登上床一伸手,所有的钢窗栅都齐根被折成九十度。他又把床上躺着的黄头发一揪——空空的一把假发。揭开被子,嘿,床上堆着一捆绳子,一把匕首、十呎电线,两个小玻璃瓶……在场的人面面相觑,如入梦中。

晚宴准时在计算机家举行,客人有兰思姆博士、记者海奇和监狱长。

席间,计算机向急不可待的客人们交了底。

原来,计算机在牢房里公开做出的一次次越狱举动,其实都是假动作,不过是为了迷惑监狱长,掩护他的真努力。他把希望寄托在耗子出没的地洞。他抓了不少小耗子,发现它们身体都是干的,于是推断出下水道出口是在监狱墙外孩子们的乐园。于是,他拆下长统袜上坚韧的棉线,用亚麻布写了一封信,在外面写上"发现此物者,请转交纽约时报海奇先生收,对方会再付给十美元"。他抓住一只耗子,把信和一张十美元钞票绑在耗子一条腿上,另一条腿上拴紧棉线,把它放进下水道。耗子受到惊吓,急忙顺着管道一直跑到地面,然后咬断了绑在它腿上的细绳逃了。从那时起,计算机就提心吊胆地等待着。到了第三天下半夜三点半钟时,他感到手里的那根线在抽动,顿时欣喜若狂。

亚麻布信是一个游戏的小男孩发现并交给海奇的,上面写着计算机的处境和要求。作为记者,海奇当然乐于参与这个事儿。他按时到达现场,找到了线头,把长长的丝线系上,并拽了拽,等到里面有反应时,他再在丝线末端系上麻线,然后又系上铁丝,于是一条结实的运输线建成了。

接着,计算机就对着管道呼喊"酸——",喊了好久,海奇终于听明白了。但他的呼喊无意中引起了四十三号囚犯的疯狂,促使他认罪,这是一个巧合,因为他房间的下水道与计算机的十三号牢房下水道是相通的。海奇把硝酸装在小瓶里送到牢房,计算机用铁丝蘸着硝酸往窗口的钢栅上抹,为防硝酸流掉,再抹上牙粉,直到钢栅烂到仅有一点相连时为止。

到了七点半后,计算机用蘸了硝酸的铁丝去碰电线,使这边的探照灯瞎了眼。当警卫去报告时,他赶紧从窗口爬出来,再把钢栅复位。他呆在暗处,直到电工赶到,其中有海奇先生,因为他父亲是照明公司经理。海奇按事先所约与计算机会合,并把他的大衣帽子给计算机穿戴上,然后就来见兰思姆和监狱长……

听了计算机的叙述,屋里一阵静默,接着一阵惊叹……

监狱长喃喃道:"如果没有那条报废的下水道呢?"

计算机哈哈一笑,斩钉截铁地说:"还有别的办法——只要开动大脑,办法总会有的!"

(成 实 改写)

　　奥斯卡·王尔德(1854—1900)，英国唯美主义作家。在英国文学史上有特殊的地位。他的童话故事《快乐王子》世代流传在各国儿童中间。他的作品多以严谨、机智、巧妙取胜。

　　《好心的休伊》改编自他的《百万富翁模特》，作品虽短小，却很有幽默味，构思出人意料。

好心的休伊

　　休伊是个漂亮的小伙子，长着一头棕色的头发，可惜父母早死了，靠着姑妈微薄的收入生活。

　　休伊试着干各种工作，做了六个月的股票买卖，结果在众多经验丰富的老手中败得落花流水；当过茶叶批发商，却很快厌倦了；最后又试过卖酒和饮料，同样未获成功。他什么都没做成，没有一份正当的职业，唯一拥有的只是一张讨人喜欢的面孔。

他是一个快乐的小伙子,然而却好像一点用处也没有。

　　更糟的是,他恋爱了,他爱上的姑娘叫劳拉·墨顿,一位退休军官的女儿。退休军官挺喜欢休伊,但对于他们结婚的事,却一点也不愿松口。他对休伊说:"听我说,我的孩子,等你自己有了一万英镑,我们才来谈这件事吧。"休伊没办法,只好愁眉苦脸地去找劳拉,在她那儿获得一点慰藉。

　　一天早晨,休伊在去劳拉家的路上,想起好朋友阿伦,便顺道去拜访他。阿伦是一位画家,休伊进去的时候,阿伦正在一幅巨画上添最后几笔,画上是一个真人大小的乞丐。

　　那个做模特的真正乞丐就站在对面,像屋角里立着的一尊塑像。他是一个形容枯槁的老人,满脸皱纹,表情悲哀,肩上搭着件棕色的粗制外套,上面遍布着洞孔,全坏了,脚上是一双补过的旧靴子。他一手拄着粗拐杖,一手拿着旧帽子,一副正在乞讨的样子。

　　休伊不禁惊叫一声:"多么可怜的老人!"休伊对阿伦说:"这老人看上去太悲惨了。不过我想,对于你的画来说,他的脸是够值钱的。给你做模特,他能有多少收入?"

　　"一小时一先令。"

　　"那你把画卖了能得多少呢?"

　　"哦,这个,我能得两千。"

　　"那,阿伦,你得分点给模特,"休伊好心地说,"他的工作和你一样辛苦。"

　　"胡说,"阿伦叫了起来,"瞧,我得把颜料用到画上去,这当中麻烦大着呢,你说说容易,可要知道,有时候搞艺术就像干体力活。"

　　这时候,正好仆人进来,告诉阿伦,外面有个画框匠想见他。趁着阿伦出去的机会,那个老乞丐也在身后的一张木凳子上坐了下来。他看上去是那么愁苦,休伊不由对他产生了极大的同情。

休伊在口袋里摸索着,只有一个英镑。可怜的老人,休伊心想:他比我更需要这钱。可给了他,我自己怎么办呢?一个星期以后,才能去姑妈那儿拿钱。休伊迟疑着,不过最终还是走了过去,把仅有的一个英镑放在乞丐的手里。

那老人跳了起来,深深地看了休伊一眼,一丝微笑掠过他的嘴角,他连声说:"谢谢你,先生,谢谢你。"

等了一会儿,阿伦没回来,休伊便告辞了。接下去的一整天,他都和劳拉在一起,直到晚上,因为没有钱,他不得不走回家去。

第二天,休伊刚起床,就接到阿伦打来的电话,约他到调色板俱乐部去。一见面,阿伦就笑着告诉休伊:"那个老模特挺喜欢你,我不得不告诉他你所有的情况——你是谁,你住哪儿,你靠什么生活,你抱着什么希望——"

"可怜的老人,"休伊叫道,"我真希望能为他做点什么,一个人过着那样悲惨的生活,太可怜了。在家里,我有些旧衣服——阿伦,你认为他会不会介意,会不会接受它们? 他的那件衣裳都快成碎片了。"

"但愿他穿上它们显得很不错,"阿伦说,"我会告诉他你的好意,可我不想画一个穿着好衣服的叫花子。"

"阿伦,"休伊正色道,"你们画家真是残酷的一群。"

"不要这么说,"阿伦回答道,"一位画家的心就是他的头脑,我们要做的就是如实地认识这个世界。咱们还是谈谈劳拉吧,老模特对她也很感兴趣。"

"你的意思该不是把劳拉也告诉他了吧?"

"我当然告诉了。关于可爱的劳拉,关于她那狠心的父亲,以及一万英镑,他全知道了。"

"你把我的私事全告诉了一个老乞丐?"休伊怒容满面地叫

起来。

阿伦笑了："我亲爱的朋友,你知道那老乞丐是谁?他就是巴伦·豪斯伯格。他买我所有的画,并在一个月前要求我把他画成一个叫花子。"

"巴伦·豪斯伯格?"休伊一听这个名字,顿时跌坐在椅子上。

原来,说起这个巴伦·豪斯伯格,全伦敦的人都知道,他是欧洲最富有的人之一,他可以在明天买下整个伦敦,每个国家的首都都有他的房子,他用金盘子吃饭,只要高兴,想干什么就可以干什么。昨天休伊去找阿伦的时候,阿伦吃不准豪斯伯格是否愿意他的名字在这种时候被提起,所以当时没吱声。

休伊十分后悔自己把唯一的一个英镑给了这个大富翁,他懊恼地说:"这下好了,豪斯伯格一定觉得我愚蠢极了!"

"完全不是。"阿伦说,"你走后,他兴奋极了,又是大笑又是搓手,连连夸赞你是个善良的人。"

阿伦点燃一支烟,拉着休伊还想好好谈谈,可休伊怎么也无心待下去,闷闷不乐地回家了。

次日清晨,休伊正在吃早饭,一个灰白头发的老年绅士走了进来,自我介绍说他从豪斯伯格那儿来。

休伊连忙站起来,向他一鞠躬,说:"先生,我请求您,向豪斯伯格先生转达我最诚恳的歉意。"

那老绅士笑了:"休伊先生,豪斯伯格先生要我给您送信来。"他取出一封信,递到休伊手中。

信封上写着:"一个老乞丐给休伊·厄斯金和劳拉·墨顿的结婚礼物。"休伊打开一看,里面是一张一万英镑的支票。

(李　菁　编译)

　　罗阿尔德·达尔，英国现代小说家，生于1916年。他是第二次世界大战之后开始文学生涯的新一代作家，五六十年代声誉日隆，小说被译成十多种文字，风行欧美。他的小说技巧成熟，尤其以出人意外的结尾著称于世，有当代"英国的欧·亨利"之称。

　　短篇小说《复仇信托公司》深刻地揭露了资本主义社会中金钱对人的腐蚀作用，作品看似荒诞，实则十分耐人寻味，同时在创作上十分典型地表现了作者的一贯风格。

　　克罗德和乔治是一对难兄难弟，他俩住在纽约的一个寓所里，老头子给他们每月450元的生活费，可是不到一个星期就被他们花了个精光。眼下，这剩下的三个星期的生计怎么维持呢？

　　这一天，克罗德缩在被窝里翻看晨报，边看边自言自语："这个潘达鲁恩可真是天不怕、地不怕,专写社会丑闻。你看这一段,'有人看见银行家伍姆伯格和威廉姆斯小姐在一起……一连三个夜晚',啧啧,富人中被这位记者先生捉弄过的不知其数。"

一旁的乔治慢吞吞地说道:"要是换了我,非把他揍扁了不可。"

"可伍姆伯格是个体面绅士,他不可能……"克罗德说着,蓦地顿住了……啊,一个绝妙的主意!

克罗德一把掀掉身上的被子,跳到了地板上,瞪着一双因兴奋而发狂的眼睛道:"乔治,我们现在已经山穷水尽了,是吗?可是,只要一眨眼工夫,我们就会变成巨富!"

乔治傻乎乎地瞧着眼前这位难兄难弟,一脸的困惑。

第二天,克罗德将一张印制精美的小卡片递到乔治眼前。乔治接过一看:

复仇信托公司

女士们、先生们:

面对可恶的谣言贩子如此明目张胆地侮辱挑衅,您一定会义愤填膺,要求向对方进行完全对等的报复和惩罚。本公司将代表您,稳操胜券地对那些专栏作家、记者施以独特的惩罚。为此,本公司谨向您呈阅一份各惩罚形式的清单(并附价目),恭请裁择:

1. 照准对象的鼻子狠揍一拳(五百元)

2. 打瞎对象的一只眼睛(六百元)

3. 狠揍鼻梁加打瞎眼睛(一千元)

4. 趁对象停放私人汽车的时候,把一条响尾蛇(事先抽去毒液)放入车内,就放在刹车踏板的旁边(一千五百元)

5. 设法用汽车绑架对象,剥光他的衣服,让他只穿着短裤、鞋子和袜子,然后在人们上下班熙来攘往的热闹时辰,

开到第五街，把他从汽车上推下去(二千五百元)

如果您有意接受本公司提供的服务项目，请向本公司赐复一言。只要可行，本公司将会通知您前往指定惩罚实施地点。本公司不需要事先付款，当您的命令得到令人满意的执行之后，账单才会依惯例开出。

"哇!"乔治一看，不由地叫出声来，"真是太绝了，我们要发财啦!"两人闲话少说，分头行动。克罗德很快打听到潘达鲁恩的行踪，在午夜到两点这段时间，他每天都在企鹅俱乐部。而乔治则买下所有的当日日报，打听到那些富人们的地址，把名片朝他们的信筒里扔，然后摁响电铃。

第三天一早，一大叠来信令他俩兴奋不已，他们激动地一封封读着："贵公司对那个文痞采取的一切惩处行动，都将得到本人的赞许，我将极其乐于请你们把第二至第五项全部付诸实施。""如果贵公司能忘记从响尾蛇的毒牙中抽去毒液，鄙人倒很乐意付出双倍的酬劳。"等等，反应极为强烈!

经过研究，他们决定先实施第一项内容，数数看，对，整整十封，这意味着他们要不了多久就会有五千元的进款了。克罗德拼命压制住内心的激动，不紧不慢地说："别太激动，再好好策划一下。"

他们用仅剩的八元钱租了一辆汽车，又买了一个假胡子套。一切准备就绪。

深夜两点钟，乔治请人把"有要事相告，在门口见您"的纸条送给了潘达鲁恩。不一会儿，潘达鲁恩出来了。

乔治把他引到他们的车前，"看!"就在潘达鲁恩掉头的瞬间，乔治一拳狠狠地落在了他的鼻梁上，随即跳上车，克罗德立即把车开走。

在他们的车后，响起了看门人的警哨。

"我们成功了!"乔治气喘吁吁地说,"我们发财了。"一对难兄难弟相互握手庆贺。

这时,雪下得很大,克罗德开足马力,转了许多急转弯。他相信在如此猛烈的暴风雪中,是没有人能抓住他们的,可就在这时,他发现背后有一辆汽车始终跟在他们的车尾,更要命的是,没多久他们这辆老爷车就开不快了,车速越来越慢,看来只好坐以待毙了。克罗德把车开到路旁,心里盘算着如何应付。

后面的车也尾随着停下,从反光镜里,克罗德见车里走下一位老者:"你们好,年轻人。这么急匆匆地行驶,干什么呀?"

克罗德抑制住内心的恐慌,道:"不急,但我们得在大雪封路前赶回家。"

老者哈哈一笑,道:"别紧张,刚才我看见了那家伙挨揍的全过程。这是我一生中见过的最滑稽的事,我只是觉得希望立刻把钱付给你们。"

原来如此!克罗德和乔治不由长长舒了一口气。

第二天,一家报纸的头版刊出了一个通栏,标题是:"著名专栏作家受到野蛮的突袭。"然而下午的邮班准时给克罗德、乔治送来的几封信,每个信封里都附了五百元!

(成 慧 改写)

　　奥诺雷·德·巴尔扎克（1799—1850），十九世纪法国批判现实主义代表作家。他的《人间喜剧》构成了一部"包罗万象的社会史"，在文学史上是绝无仅有的。

　　本故事是根据他的《改邪归正的梅莫特》改写的。此作被马克思誉为"小小的杰作，充满了绝妙的讽刺"。作品带有浓厚的浪漫主义情调，颇具奇想异趣，乍看似乎荒诞不经，实则隐含着对现实关系深刻的理解和概括。作者巧妙地以魔鬼的无限法力去影射金钱的势力和它的两重性，把幻想与现实结合起来，给人以回味余地。

魔鬼的权力

　　在巴黎的一家名为"纽沁根"银行里，有个出纳员叫卡斯塔尼埃，五十岁上下，秃顶，圆脸，矮胖。他在这银行勤勤恳恳已干了十多年，很得老板的信赖。

卡斯塔尼埃多年来一直过着独身生活，可是一年前艳福降临到他的头上，他与一个年轻漂亮的妓女阿吉莉娜好上了。卡斯塔尼埃爱阿吉莉娜爱得发疯，为了显示自己的慷慨富有，他给她购了一套豪华的公寓，配上新颖时髦的家具，把她打扮得花枝招展，一身珠光宝气……总之，她要什么，他总是有求必应。

日子一长，卡斯塔尼埃的所有积蓄花光了。然而尽管袋里空空，他也不愿对阿吉莉娜的要求说一个"不"字。钱哪来？首先，他利用职务之便向别人借，可是光借不还，日子一长，这条路也走不通了。怎么办？卡斯塔尼埃思来想去，最后狠狠心，决定偷银行里的钱。

这天，银行里的人全下班了，卡斯塔尼埃仍装着埋头工作的样子，等到天黑时，他关好甬道铁门，放下百叶窗，再关上办公室的门，然后在办公桌前坐下来，从抽屉里拿出几张信用证，提笔模仿老板的笔迹，在所有信用证的下边签了名。

他刚签好名，猛然觉得心被什么刺了一下，接着，传来一个声音："你不是独自一个人！"这声音把他吓得差点跳起来。他一抬头，见小窗前站着一个陌生人，只见他面孔细长，前额突出，脸色铁青，嘴唇血红，像个停止呼吸的僵尸。卡斯塔尼埃顿时惊呆了。

就在他惊慌失措时，陌生人拿出一张汇票，要立即提取五十万法郎，而且陌生人手一指，那早已上锁的金库就开开了。陌生人冲卡斯塔尼埃咧嘴一笑，这一笑，笑得卡斯塔尼埃毛骨悚然，就身不由己地接过对方递来的汇票，乖乖地付给他五十万法郎。陌生人向卡斯塔尼埃要过笔，在汇票背面签上了"约翰·梅莫特"的名字。

可谁知，当卡斯塔尼埃接过这个梅莫特还来的笔，再抬头时，已不见了他的人影。而那支被他拿过的笔，竟使卡斯塔尼埃的五脏六腑顿时像火烧一样翻腾起来。卡斯塔尼埃紧张极了，他来不及细想，赶紧把那些假证据扔进火炉，随后把要用的那张假信用证盖上印鉴，从保险柜里取出五十万法郎，熄了灯，出门而去。

卡斯塔尼埃走在林荫大道上，边走边盘算起下一步的打算。他想：我现在逃走，等到银行发现起码得到星期一，这样我就可以先到伦敦提取一百万，再到意大利买一幢漂亮的别墅。可是，我带不带阿吉莉娜一起走呢？谁知他这念头一起，突然听到背后传来一声："不带她走！"这一声惊得他猛一转身，只见那个梅莫特正站在他的身后。

卡斯塔尼埃惊得"哟"一声惊叫。梅莫特又咧嘴一笑道："你想远走高飞吗？告诉你，你跑不了！"说完，跳上街边的一辆马车，飞驰而去。卡斯塔尼埃吓懵了，但他不甘心就此罢休，立即迈步朝阿吉莉娜寓所走去。

卡斯塔尼埃走进寓所，见阿吉莉娜正在把一封信揉成一团，用火钳夹着慢慢在烧。他半开玩笑地说："怎么？你就这样处理情书？"

阿吉莉娜若无其事地说："这办法最妥当，免得让人截获了就麻烦。"

"亲爱的，你这么讲，好像这真是一封情书了。"

阿吉莉娜嘲笑道："哎，难道我还不够漂亮不配有情书吗？"她边说，边勉强地把前额伸给卡斯塔尼埃。

卡斯塔尼埃兴奋地边吻边说："今晚我在剧院订了个包厢，咱们早点吃饭，去看戏吧。"

阿吉莉娜懒洋洋地说："我不想去。"

"不，不，你今晚一定得陪陪我。亲爱的，我要离开巴黎，今晚就走，你……"

阿吉莉娜没等他把话说完，就说："噢，你去吧，去吧！"

"那你不打算跟我走了?"

"嗯!"

"为什么?"

阿吉莉娜嘲弄地指指火炉里的灰,笑道:"我能抛弃那个给我写信的情人吗?"

卡斯塔尼埃睁大眼睛问:"你真的有情人了?"

阿吉莉娜说:"怎么? 你不相信? 你去用镜子照照你自己。你看你那脸像只老南瓜,放在水果铺卖也没人要。你上楼梯喘得像只海豹。你是个老丑八怪! 你以为我会用如花的年华来换取一个气喘老头的爱情吗?"阿吉莉娜说的倒是真心话,她的确在偷偷与一个叫雷翁的军官私通。

卡斯塔尼埃听她这么说,愣了。

就在这时,阿吉莉娜见女仆珍妮在向她使眼色,她忽然娇声对卡斯塔尼埃说:"我可怜的猫咪,我是和你逗着玩的,你真的要走?"她说着一把搂住卡斯塔尼埃的脖子,把他的头按在自己的怀里,趁他被闷得透不过气来的当口,悄声关照珍妮:"你告诉雷翁,叫他一点以前别来,万一今晚碰不到我,就叫他留在你的房里。"说完,她用手揉揉卡斯塔尼埃的鼻子,亲昵地说:"我最美丽的海豹,今晚我陪你去看戏,咱们快吃饭吧!"

卡斯塔尼埃欣喜若狂,他吻着她,愉快地吃了晚饭,便一起坐上马车去剧院看戏了。

第一出戏演完,卡斯塔尼埃利用幕间休息打算到大厅里去与几个熟悉的人打打招呼,让人们尽量推迟对他逃亡的怀疑。谁知他刚迈出几步,就骇得站住了,只见那个可怕的梅莫特正迎面向他走来。

他想避开,可双腿却不听使唤。梅莫特又冲他大声喊道:"喂,伪造票证的人!"这喊声把卡斯塔尼埃的魂差点吓飞了。他想抬手揍他,可手不知怎的却动弹不得,他只得像个俘虏被梅莫特挽住胳膊,看上去像两个好朋友在悠闲地溜达。

梅莫特边走边轻声说:"谁有本事能反抗我?告诉你,我是万能的。我的目光能穿透墙壁,能看到人们心里的事。你竟敢逃避我?哼。我一直在寻找伙伴,现在终于找到了你。你是属于我的!你刚犯下一桩罪行,你想知道你的命运吗?你跟我一起去看一出戏吧。"说着就进了包厢。

这时,戏台上幕已拉开,梅莫特用手向台上一指,剧目便改了。卡斯塔尼埃顿时惊得张口叫喊,却又喊不出声。

此刻,卡斯塔尼埃看到的是:自己的银行老板正和一位警官在办公室交谈。警官向老板介绍卡斯塔尼埃怎样盗窃金库,怎样伪造他的笔迹,怎样逃亡。老板于是写好了起诉状,签了字,交给警官后问道:"还来得及吗?"警官回答:"来得及,他正在剧院看戏呢。"

卡斯塔尼埃不敢往下看了,他想溜,但被梅莫特用手按住,动弹不得。梅莫特冷冷地说:"别动,我要你看下去!"

卡斯塔尼埃只得再往舞台上瞧去。这时,布景换了,他看到自己正和阿吉莉娜一起走下马车,他刚要迈进家中。台上的布景又换成了他家的室内情景。只见女仆珍妮正坐在女主人卧室的火炉边,在同一个年轻的军官讲话,那军官说:"这老丑八怪一走,我可就自由了。我太爱阿吉莉娜了,我怎么也忍受不了她委身于这只老癞蛤蟆!我发誓,我一定要娶阿吉莉娜为妻!"

卡斯塔尼埃听了这话,痛苦地呻吟了一声。接着又听到珍妮惊叫道:"雷翁先生,他回来了,快,你赶快躲起来。喏,就藏在这儿!"卡斯塔尼埃看着那个军官躲到盥洗室内阿吉莉娜的睡衣后面。这时,他见自己登上舞台,向阿吉莉娜道别,阿吉莉娜一边对他甜言蜜语,一边跟珍妮通过旁白在奚落他,冲着这面哭,冲着那面笑,引得观众连声叫好。

这时,卡斯塔尼埃又看到自己沿着利歇街逃跑。随着场景的变换,这时已是清晨两点,他带着各种票证和护照,坐着马车往关卡驰去。可是到了关卡,他看到有许多宪兵正虎视眈眈地站在那儿等候着他,他吓得惊叫起来。

梅莫特用目光制止了他,让他继续往下看。卡斯塔尼埃又看到自己被押上警车,被投进监狱。三个月后,他被判了二十年苦役,被押出刑事法庭,解到司法广场上示众。当他看到执行的狱吏拿着烧得通红的铁器烙在他身上时,他禁不住惨叫起来。

戏演完了,当卡斯塔尼埃面色惨白地刚要跟阿吉莉娜往外走时,被梅莫特叫住了。卡斯塔尼埃忙问:"你还要干什么?"

梅莫特说:"你可以与你的情妇到意大利去,我保证不会有人阻止你。不过,你得说一句你愿意以你的灵魂换取上帝一样的权力,这样,你就可以还清一切债务,消除你的一切犯罪的痕迹。从此你能自由自在,为所欲为。"

卡斯塔尼埃听说有这样的好事,立即高兴地说:"要真能如此,那太好了!"

梅莫特说:"卡斯塔尼埃先生,你愿意听我的话吗?"

"愿意!"

"你愿意接替我的位置吗?"

"愿意!"

"好!"梅莫特拍拍他的肩膀说,"过一会我到你家去。"说完便消失了。

这会儿阿吉莉娜发现卡斯塔尼埃变了,变得像喝醉酒一样失去了理性。当马车到家,他一下马车便晕倒了。当他被看门人和女仆抬进房间,放在沙发上,他苏醒过来,嘴里喊着:"他来了,他来了!"

果然门铃响了,女仆打开门,梅莫特走了进来。梅莫特朝看门人和女仆扫了一眼,就拉起卡斯塔尼埃走进没开灯的客厅。

过了一会,阿吉莉娜见卡斯塔尼埃从客厅里走出来,她顿时惊叫起来:卡斯塔尼埃好像换了个人,面色铁青,显得凶狠而冷酷,眼中射出的光阴森森的,刺得人毛骨悚然。

卡斯塔尼埃冷冷地说:"我把灵魂卖给梅莫特了。他要走了我的本质,把他给了我。"

阿吉莉娜惊愕地问:"怎么回事?"

卡斯塔尼埃冷冷一笑:"我现在已看清了一切,了解了一切。我为你倾家荡产,甘心犯罪,可你一直在欺骗我!"说着他点亮烛台,走进盥洗室,一伸手从衣架后面把那个军官拎了出来。阿吉莉娜吓得脸色发白,瘫倒在地。

卡斯塔尼埃赶走了军官和阿吉莉娜,又拿了一些钱,把看门人、厨师和女仆打发走。

现在,卡斯塔尼埃具有了可怕的权力。他用这个权力轻而易举地还了债,同银行老板结清了账目……他已不受时间、空间、距离的束缚,随心所欲,为所欲为。然而,随着魔力而来的便是虚无,他觉得对金钱,对女人,对人生的各种欲望与乐趣得来太容易了,反而产生了厌腻、摒弃的心理。他决心从纵乐中跳出来,他产生了要去看看他的前任梅莫特先生现在怎样的欲望,于是,便直奔梅莫特的住所而去。

梅莫特住在靠近圣苏尔彼斯教堂附近的一间阴暗冷湿的屋子里。他一进门,只见大门和拱顶都披着黑纱。灵堂上白烛摇曳,一个年老的看门人一见卡斯塔尼埃就说:"先生,你是死者的兄弟吧,你来晚了。梅莫特绅士前天夜里去世了。"

卡斯塔尼埃问道:"他怎么死的?"

老教士介绍说:"令兄虽干过坏事,但结局值得羡慕,他拯救了犯罪者。你知道一个罪人的转变会在天国引起怎样的欢乐?他没有给家人留下什么财富,但他那颗圣洁的心灵,会护着你们全家,指引你们走向正路。"

老教士的话震撼了卡斯塔尼埃的心灵。他默默地走出门,边走边想着自己从十六岁参军以后的几十年经历与遭遇,想着自己年近半百时竟在金钱与情欲的唆使下犯了罪。他决心赎罪,他要像梅莫特那样去拯救那些犯罪者和落难人。怎么去拯救?他猛然想到梅莫特可以找替身,我何不学他的样也这么做?怎么去寻找替身呢?他猛然想到去证券交易所。因为那儿免不了有陷于绝境的人,他要以魔力去拯救落难者,从而使自己能幸福地走向天堂。于是,他兴冲冲地迈开大步朝证券交易所走去,他准备做一笔如同买卖公债似的灵魂交易。

卡斯塔尼埃轻而易举地就与一个面临破产的投机商达成了交换灵魂的交易。刚才还是威严可怖的他,在失去魔力的一眨眼工夫,就变得憔悴、苍老、衰弱。他可怜巴巴地对获得魔鬼精神而显得骄横冷酷的投机商说:"行行好,替我雇一辆车,把我送到圣苏尔彼斯教堂去吧。我还来得及忏悔吗?"投机商斜睨他一眼,把手一指。

于是,一辆马车载着一个垂死者,向圣苏尔彼斯教堂而去……

(劳 沉 改写)

普罗斯佩·梅里美(1803—1870),十九世纪法国批判现实主义作家。他以中短篇小说闻名。他的代表作有中篇《高龙巴》和《嘉尔曼》。他一生写了十几个中篇,在文学史上有一定的地位。他擅长刻画叛逆者形象,作品充满异国情调和地方色彩,情节引人入胜。

《残酷的诱惑》是根据他的短篇小说《玛特渥·法尔高纳》改写的,作品虽短,但故事逐层展开,环环相扣,作者以洗练而粗犷的笔法,着意勾画紧张而震撼人心的场面,把主人公执著无情的性格展现了出来。

残酷的诱惑

在法国科西嘉岛腹地有一片叫法尔多·维觉的丛林,那儿草木茂盛,灌木丛生,密得连野羊也别想钻进去。在离丛林约一里路地方，住着一家人家。这家主人叫玛特渥，五十岁不到，长得矮小健壮，皮肤黑得发亮，大大的眼睛令人望而生畏，他是这一带出名的神枪手，就是在伸手不见五指的黑夜射击，也百发百中。

玛特渥家比较富有，为人又仗义疏财，在这一带是个颇有声望、受人尊敬的汉子。他的妻子是个善良勤快的女人，他们前面一连生了三个女儿，直到他快四十岁时，才有了个儿子，取名杜那多，今年才十岁。儿子是他一家人的希望，是他们家传宗接代的人。

这年秋季的一天，玛特渥和妻子到丛林中去看他们的羊群，只留下杜那多一个人看家。杜那多躺在家门前的草垛上，晒着暖和和的太阳，眼望不远处的座座青山，想着下星期要去叔叔家吃饭的事，心里美滋滋的。

就在杜那多想得入神时，突然"砰"一声枪响，惊得他从草垛上一下跳起来，惊诧地朝传来枪声的方向望去。这时，又听到几声枪响，枪声越来越近，接着一个戴尖帽子的大胡子一瘸一拐地直朝他奔过来。

这个受伤者是一个反政府组织的成员，叫吉亚多，他是去城里买火药时，在途中遭到政府士兵的埋伏受的伤。吉亚多一瘸一拐跑到杜那多面前说："你是玛特渥的儿子吗？我被'黄领子'咬住了，你快把我藏起来吧。"

杜那多说："没得到我爸爸的允许，我不能藏你，等我爸爸回来吧。"

吉亚多急道："快，再过五分钟他们就追来了。我给你钱，你快把我藏起来！"

杜那多见了钱，微微一笑，很快把屋前的干草扒了个洞，让吉亚多钻到里面，用草盖上，还留下个透气的地方。尔后又捉了一只雌猫和几只小猫放在草堆上，谁也不会怀疑草堆里藏了人。

他又四处看看，用土把附近的血迹盖上。做了这一切后，他又若无其事地重新躺下晒太阳。

几分钟后，六个穿黄制服的士兵在一个队长的率领下，果然追来了。这个队长叫刚巴，是个机灵人，和玛特渥家还沾点儿亲，他走到杜那多面前，很客气地说："早安，小表弟。你刚才看见一个人走过吗？"

杜那多故意傻乎乎地说："唷，是大表哥。你是问有没有人走过是吗？有的。今天一大早，本堂神甫骑着一匹马，经过我家门口，他还问我爸好呢。"

刚巴猜到杜那多在故意胡扯，不耐烦地大声说："小鬼，别耍花招了。快告诉我，吉亚多躲哪儿了？我肯定是你把他藏起来了。"他见杜那多还在装聋作哑，顿时瞪眼睛、吹胡子地威胁道："该死的小坏蛋！"尔后一挥手："兄弟们，来，给我搜！"

杜那多一点也不惊慌，他冷笑道："你知道我爸爸如果知道在他不在家时，有人来搜我们家，他会怎么说？"

刚巴一听，气得吼一声"小坏蛋"，过来拎住杜那多的一只耳朵说："你不说，我就用刀背打你二十下，再不就抓你去坐牢，给你戴上镣铐，让你睡在干草上。我还可以把你送上断头台！"

谁知他这么大骂威吓，杜那多不但不怕，反而哈哈大笑起来："你要知道，我爸爸是玛特渥！"

听杜那多一再提他爸爸玛特渥，刚巴不由暗暗犯了嘀咕，他知道玛特渥是个不好惹的角色，和他闹翻了可没自己好果子吃。刚巴意识到用硬的一套对杜那多不起作用时，就决定改变方法。

于是，他脸上堆笑，把头伸到杜那多面前，轻声细语地说："小表弟，你是个聪明的孩子，将来前途无量。但是，有出息的孩子是不该说谎的，你爸爸也最恨说谎的人，如果你爸爸知道你说了谎，他会怎样对你？"他见杜那多脸上露出了犹豫的神色，就从怀里摸出一只亮闪闪的漂亮的银表，说："你要是对我说了真话，你爸爸会表扬你,我也会奖赏你。你看,你说了实话,我就把这银表奖给你。"

他见杜那多那双发亮的眼睛盯着表一动不动,就故意拎着表链把银闪闪的表在杜那多眼前晃晃,说:"你想要吗?这表挂在你的脖子上,然后到大街上溜一圈,你就会像那孔雀一样地骄傲,人家会问你:'几点钟啦?'你会骄傲地说:'看我的表吧!'"

杜那多动摇了,他轻轻叹了口气,又瞟了一眼表,尔后又别过头,他想摆脱表的诱惑,却又摆脱不了这种诱惑,躁得直用舌头舔嘴唇儿。

刚巴见诱惑产生了效果,就把表拎到杜那多眼前晃来晃去,几乎要碰到他的脸。杜那多的胸脯急速地起伏着,最后,他终于经受不住这种诱惑,不由自主地伸出手,手指尖碰到了表,表落在了他的手心里,可表链仍抓在刚巴手里,在阳光下,表闪闪发光,太诱人了。

刚巴满脸堆笑地说:"小表弟,我把链子一放,这表就归你了。"

杜那多憋红了脸,艰难地抬手指指那垛干草堆。

刚巴明白了,他放下表链,敏捷地转过身,一挥手,士兵们一拥而上,翻开草堆,煞时从里面冒出一个浑身血淋淋的人。士兵们猛扑上去,夺了他的匕首,七手八脚把他捆了个结结实实。

被捆得像束柴草似的吉亚多躺在地上,冲着杜那多,用愤怒和轻蔑的口吻骂道:"小兔崽子!"

杜那多羞愧地低下头,慢慢走过去,把刚才吉亚多给他的银币扔还给他。

就在这时,玛特渥和他的妻子从通往丛林的小路上走过来。玛特渥手里拿了一支枪,另一支枪斜挂在皮带上。他见士兵在他家门前,马上警惕地把枪弹上膛,沿着路边的树慢慢走过来。

这时,刚巴也看到了玛特渥,而且见他的手指放在扳机上。他心里一惊,他了解玛特渥的为人和枪法,自己稍有不慎,就会栽在他手里。

刚巴想了想,独自迎上去,老远就大声招呼道:"喂,老朋友,你好呀,我是刚巴呀!"待走近时,忙和玛特渥紧紧握手,接着说他们是来抓逃犯吉亚多的,幸亏小表弟杜那多帮了他们的忙。

一听是儿子帮了刚巴他们的忙,玛特渥顿时双眉紧皱,暗叫一声:"该死!"

这时,被捆绑着躺在担架上的吉亚多,一眼看到玛特渥和刚巴在讲话,突然一声怪笑,朝玛特渥吐了一口唾沫,骂道:"叛徒的家!"

听到"叛徒"二字,玛特渥就觉得心被锋利的匕首突然刺了一下,人像生了重病似的用手抚着额头动也不动,连刚巴向他告辞,他都没一点反应。

刚巴和士兵们抬着受伤的吉亚多走了。玛特渥足足有十分钟没有开口,但他的脸色却变得十分难看。

杜那多见父亲这般模样,不由浑身一颤,神色不安地一会儿看看母亲,一会儿看看父亲。

玛特渥的身子靠在枪上,用愤怒到极点的表情盯着他,好大一会,才从嘴里吐出一句:"你干得不坏啊!"这声音听来很平静,但熟悉他的人听出了其中的分量。

杜那多浑身哆嗦着,一步步向父亲走去,嘴里叫着:"爸爸!"

玛特渥猛喝一声:"滚开!"吓得杜那多站在离他几步远的地方停下来,啜泣着,一动也不敢动。

母亲走过来,见儿子手中握着表,便问:"这是谁的?"

"是刚巴给我的。"话音刚落,表就被玛特渥一把夺过去,用力朝一块大石头上砸去,只听"砰"的一声,表被砸得粉碎。

玛特渥铁青着脸,对妻子说:"这是我们的儿子吗?"

"是的,是我们的儿子。"

"不!他是我们家族的第一个叛徒!"

杜那多吓得直哭。

玛特渥瞪着冒火的眼睛盯着杜那多,猛地用枪托磕了一下地,再把枪背上肩,冲着他吼一声:"走!"转身朝通向丛林的路上走去。

他妻子知道将要发生可怕的事了,她惊恐地追上去,一把抓住丈夫的臂膀,声音颤抖地说:"他是你的儿子呀!"

"放开!"玛特渥甩开妻子,继续向前走去。大约走了两百来步,他停下来,命令道:"杜那多,到大石头那边去!"

杜那多乖乖地走到大石头边,双膝跪下,眼泪汪汪地哀求道:"爸爸,爸爸,别杀我!"

"别啰唆!念经。"

杜那多呜咽着,一边念祷文,一边继续哭求着:"爸爸,开开恩,饶了我吧,我再也不敢了!我去求卡波叔叔把吉亚多放了。"

可是,玛特渥不顾儿子的哀求,把枪上了膛,一面瞄准,一面说:"愿上帝饶恕你!"

杜那多绝望地挣扎着,想站起来去抱父亲的膝盖,但他还没站起来,枪"砰"一声响了,杜那多应声倒地。

玛特渥连看也没看儿子一眼,脸如死灰,脚步踉跄地走了。

他妻子听到枪声,喊着:"杜那多,杜那多,我的儿子……"她发疯似的狂奔过去,抱着杜那多的尸体,哭昏过去……

(劳　沉　改写)

阿那托尔·法朗士(1844—1924)，法国近代作家。七十年代，他作为"为艺术而艺术"的巴拿斯派诗人出现于文坛。1881年开始从事小说创作，其作品特点是精致典雅，幽默含蓄，讽刺犀利但谑而不虐。

《一个小贩的悲哀》是根据他的短篇代表作《克兰比尔》改写的，构思独具匠心，人物命运牵动人心，发人深思。

一个小贩的悲哀

巴黎蒙玛特尔街附近有个小贩，年过六旬，又瘦又矮，在这儿卖蔬菜快五十年了，每天从早到晚推着小车，满街叫卖。

这天中午，他一到街上，小车就被一些家庭主妇们围住了，这个买菜，那个拣葱。正当他忙得不亦乐乎时，有个警察接连两次走来，让他把车推走。老头一向对警察的命令遵命不误，可今天因有位太太身边没带钱,回家去拿了,老头等她拿钱来。

警察见老头不走,火了,冲着老头吼道:"我叫你把车推走,你没听见?"老头苦着脸说:"警察先生,我不是说了我在等钱哩!""嘿!"警察一声冷笑,"你想要我办你个违警罪?"老头有苦难言,他舍不得放弃那笔菜钱,只好耸耸肩,无可奈何地抬头看着天空。

警察见他这样,以为是蔑视他。而偏偏在这节骨眼上,这儿的车辆突然拥挤起来,出租车、载货车、篷车、大马车、卡车,一辆挨着一辆地挤在一起,车子寸步难行,骂声和喊声闹成一片,而看热闹的人也越来越多,整条大街挤得水泄不通。

警察把这一切全归罪于卖菜老头,他见人们都在看着他,觉得这是显示自己威风的时候了,他掏出本子和笔,要惩罚老头。老头急得满头大汗,叫苦连天:"警察先生,我不是存心违抗你的命令,我对你说了,我在等菜钱。唉,真倒霉……"

哪知警察把老头的嘀咕听成是在骂他,而且还用了众所周知的传统骂语——该死的母牛。他对老头吼道:"啊!你骂我是'该死的母牛'?"老头惊呆了,扯开嘶哑的嗓门嚷道:"你说的是我?我说了'该死的母牛'了?天哪!"

围观者见警察要拘捕老头,都笑了起来。这时有位学者模样的老人对警察说:"先生,你误会了,这个人没有骂你。"警察皱皱眉,见老人衣冠楚楚,虽没呵斥他,但叫他别多管闲事。

可怜的卖菜老头就这样被带到警察局,尽管那位学者前往作证,说明老头没骂警察,可是警察署长还是批准逮捕他。于是,老头被关进了看守所,几天后,以侮辱警察罪被押上违警法庭。

老头坐到被告席上,只见前面坐着法官、书记官、身着长袍的律师、手持锁链的法警以及鸦雀无声的旁听者,他再看看自己,坐在高高的席位上,接受这些威严法官的审讯,似乎觉得自己的身份也荣幸地提高了。

庭长开始审讯了。可怜的老头哪见过这阵势，强烈的敬畏心使他连嘴巴也张不开，无论庭长怎么问，他都一声不吭。他不开口，庭长就自问自答地认定他骂过警察是"该死的母牛"，并当庭宣布判处他十五天监禁，罚款五十法郎。

老头稀里糊涂听着判决，稀里糊涂被押回监房，坐在板凳上，心里还是稀里糊涂的。法庭上那些人说的理由他连听也听不懂，他虽说心里清楚自己没有骂过警察，可是当庭长在宣判时告诉他，从他嘴里确实说过"该死的母牛"，因此他想大概是自己侮辱了警察，因而就该受到处罚。他虽然觉得自己似乎有点儿冤枉，但一想到法庭对他的判处是那么一本正经，也就不去怀疑庭长错判了。

十五天后，卖菜老头出狱了。在他来说，这次坐牢，既不感到痛苦，也不觉得可耻，像是看了一场戏，出了一趟门，做了一场梦，因此，他准备回去后仍推起小车到大街上卖菜。当他回到自己那个亭子间，躺在草垫上，就想起在监房里有吃有睡的日子，他觉得甚至比自己家里要舒坦得多。

然而，当他推了小车到街上叫卖时，就发现人们对他的态度冷得使他吃惊。以往一见他卖菜的小车推来，那些主妇们就马上热情地围上来，挑这拣那，说说笑笑，可现在她们见了他，都装着不认识而急急走开了。更使他心碎的是，那些太太们宁愿去一些小贩那儿买烂白菜，对他的上等白菜却不屑一顾。他见一个很熟悉的太太见到他故意做出恶心的样子，被深深激怒了，就忍不住与那太太吵起来，那太太竟冲着他大骂："滚！你这个老囚犯！"

他想不通，跟警察闹了一点误会，被关了十五天，连菜也不能卖了，自己将要等着活活饿死了！

贫困逼得老头走投无路，孤独迫使老头性情大变，他只得以酒浇愁,喝了酒就骂人。他垮了,他的精神瓦解了。

转眼冬天到了。他被房主从亭子间撵了出去,只得到停车房去,睡在小车下面。一天,大雨二十四小时下个不停,阴沟里溢出的臭水漫进了停车房,他只得蹲在小车上,蜘蛛、老鼠和野猫成了他的伙伴。一整天,他没吃一口东西,又冷又饿,不由想起坐牢的十五天,他羡慕犯人的命运:他们不愁挨饿,也不愁受冻。

突然,他灵机一动。他站起身,走到街上。这时,雨仍"哗哗"下着,雨雾笼罩着大地,比雨水还寒冷刺人,他沿着圣厄斯塔教堂往前走,一转弯,到了蒙玛特尔街。街上空荡荡的,行人寥寥,只有一个警察笔挺地站在教堂前人行道上的一盏路灯旁。警察的风帽被雨水敲打着,他的高筒靴浸在汪汪雨水中,他的脸上流露出温而悲凉的表情。他是一个四十多岁的老警察。

老头走到警察身边,用微弱的声音,吞吞吐吐地对他说了一句:"该死的母牛!"说了这句话后,就等着警察的反应。谁知警察听了这句话,仍旧一动不动地站着,只是警惕和鄙夷地望着他。

老头觉得奇怪,他再一次鼓起勇气,声音也提高了一些,又说了一句:"该死的母牛!我骂你呐!"

警察沉默了好长时间,才温和地说:"不该说这话……实在不该说这话,你这么大年纪,应该更懂事理才对。走你的路吧。"

老头困惑地问:"你干吗不逮捕我?"

警察摇了摇头,说:"要是把说这话的酒鬼都抓起来,那可有事干了……再说,抓起来又有什么用呢?"

警察这么宽宏大量,反使老头难受。老头呆若木鸡,一声不吭,待了好一会,语气辛酸地说了一句:"我刚才不是说你!"说完,他长叹一声,老泪纵横地冒着大雨向黑暗深处走去……

(兵 夫 改写)

　　亚历山大・大仲马(1802—1870)，"法国最杰出的浪漫小说家"，"世界上屈指可数的几个多产作家之一"。他的代表作有《基度山伯爵》、《二十年后》、《蒙德克利斯都》等。大仲马一生创作的作品达100多篇。大仲马擅长创造一种引人入胜的场面，作品中故事情节发展急速紧凑，新奇自然，常常是一浪高过一浪，使读者欲罢不能。

　　《一场决斗》就是较为典型的一篇。

一场决斗

　　1827年5月4日，一支部队驻扎在奥地利边境的一个小村子里。

　　这天上午，一批军官到团副官安德鲁住所庆贺他的生日。在上第一道菜时，安德鲁对军官们说："请诸位稍等一下，我们团新调来一位上尉,他叫佐多米尔斯基。他很想同诸位认识,所以我已邀请他来吃饭。"

听说来了新伙伴,大家便放下刀叉,挺感兴趣地问:"上尉到底是个怎么样的人啊?"

安德鲁介绍道:"佐多米尔斯基是个受人尊敬的英俊小伙子,就是脾气暴躁,性如烈火。最近他和漂亮的玛丽安娜小姐订婚了。"

"哼,"这时在一旁的上尉斯坦姆重重地抽了下鼻子,冷冷地说,"我知道,他家里很有钱,不过很遗憾,他是个挥金如土的花花公子,听说还是个决斗能手哩。"

就在这时,门外一阵皮靴声响,佐多米尔斯基走了进来,军官们连忙起身表示欢迎,只有斯坦姆心怀怨恨地瞪了对方一眼。

斯坦姆生性少言寡语,对人冷若冰霜,似乎跟谁都合不来。他见佐多米尔斯基神采飞扬的样子,心里就妒嫉得直咬牙,竟不顾一切地上去冷嘲热讽,把个气氛弄得十分尴尬。

佐多米尔斯终于发怒了,他一把拉开军服,大声嚷道:"斯坦姆先生到底是什么意思? 如果你不尊重我的人格,我们可以决斗!"

"好,我答应你的要求。"斯坦姆出人意料地一口答应,还补充道,"不过,决斗的一切具体细节由我定,明天见!"说完,自顾自地离开了房间。

被惊得目瞪口呆的军官们这时才慢慢缓过神来,大家纷纷劝道:"佐多米尔斯基,这又何必呢? 决斗对双方来说,都是没有好处的。"

佐多米尔斯基挥舞着双拳,显得很激动地说:"不行,我刚到这里,大家都不了解我,所以我必须为自己争个好名声。我不理解的是,斯坦姆为何对我怀有如此深的恶意?"

安德鲁踌躇了一下,终于如实相告道:"斯坦姆也爱上了玛丽安娜。"

"噢,是这样。"佐多米尔斯基轻轻地咕哝了一声,马上,他的态度变得更加坚决了,"为了我心爱的姑娘,我决不能退缩! 现在咱们忘记斯坦姆,好好地吃一顿吧。"

菜上来了,军官们一个个生龙活虎,觥筹交错,似乎真的把刚才的事给忘了。宴会进入高潮,有人拉起了手风琴,就在这时,门突然被推开,一个头戴斗篷的女人急急忙忙地冲了进来,她拉开斗篷上的垂布,大家才认出她就是玛丽安娜。佐多米尔斯基赶紧迎上去,惊愕地问:"你来干什么?"

玛丽安娜旁若无人地张开双臂,猛地抱住佐多米尔斯基的脖子,哭着哀求道:"我求求你,求求你千万别同斯坦姆决斗。你的生命是属于我的,你绝对不能干这样的事!"

佐多米尔斯基没想到心上人这么快就得到了消息,一时间有些慌乱,他竭力使自己平静下来,讷讷地说:"玛丽安娜,你别折磨我了,我能拒绝这场决斗吗? 如果拒绝,那我就会身败名裂,永远抬不起头来!"

这让人肝胆俱裂的场面,把军官们弄得面面相觑,有人渐渐朝门口移动脚步。玛丽安娜急了,朝安德鲁哀求道:"你在团里德高望重,你一定能够阻止这场决斗! 可怜可怜我,快劝劝他,这不是决斗,而是谋杀。"

安德鲁显然被感动了,他双唇颤抖,两眼挂着泪水,站起身,走到玛丽安娜面前,恭敬有礼地吻了吻她的手,然后用颤抖的声音说:"小姐,为了消除你的悲哀,我粉身碎骨也在所不惜。可今天,我万万不能阻止这场决斗,因为这样做,佐多米尔斯基会丧失一个军人的荣誉。"

佐多米尔斯基脸色阴沉地点点头,他用力扳起玛丽安娜的脸,对着她的眼睛问:"是的,你会爱一个名声扫地的男人吗?"

玛丽安娜脸色灰白得好似死人一样,她默默地又戴上了斗篷,凄惨地说:"我不阻拦你,否则你会恨我一辈子的。只是……只是明天,也许我们再也不会见面了!"说完,她又扑进佐多米尔斯基怀里,放声大哭起来,仿佛这一别就再也不能相见了。

第二天一早,佐多米尔斯基带着一批随从早早地上了马车。去决斗现场,必须经过玛丽安娜家门口,此刻,可怜的玛丽安娜正坐在窗前,如同一尊雕像,纹丝不动,她甚至没有朝马车上的人点一下头。佐多米尔斯基也没敢看玛丽安娜,只是不耐烦地催着车夫快一点赶车。

马车掀起阵阵尘土,很快来到决斗现场。这是一块平地,中间有两个隆起的大土堆,这一带的人把它称作"两兄弟之墓"。

很快,斯坦姆也带着随从赶来了,他走在最前面,手里拿着一个装手枪的盒子,一照面,朝大家客气地点点头,算是打了招呼,然后问:"我订的规则,佐多米尔斯基先生能接受吗?"

斯坦姆的规则事先已告诉了佐多米尔斯基,条件很清楚,那就是:在地上插两把剑,间隔距离一步远,双方都伸直手臂,听到号令"一二三"时,便同时开枪。不过,两支枪中只有一支枪是上了子弹的,也就是说,这场决斗后只有一人可以活下来。眼下,佐多米尔斯基早已热血沸腾,将生死置之度外,他没有再和对方啰唆,只是坦然地向周围的人:"谁来发令?"

军官们窘困地左顾右盼,谁也不愿上前接受这个充当判官的差使,因为随着"一二三"的号令,一个生灵将倒在枪口下。

佐多米尔斯基见没人响应,只得点名道:"安德鲁副官,劳驾您帮个忙,好吗?"

安得鲁微微颤抖了一下,但还是做了个表示同意的手势。

斯坦姆取出两支手枪,扔在地上,说:"上尉,您先挑吧,祝您好运!"

佐多米尔斯基走了过去,毫不迟疑地捡起靠近自己的一支手枪,然后在一把长剑后面站定。

斯坦姆眼睛不眨地观察着对手的表情，见佐多米尔斯基脸上平静而安详，看不出一丝一毫的胆怯，心里不由暗暗夸道："有胆量。"他捡起地上另一支手枪，也在自己的位置上站定。

安德鲁无可奈何地走到他们旁边，朝两人看看，轻声问："两位先生都准备好了吗？"

"准备好了！"佐多米尔斯基和斯坦姆同声回答，并同时举起手枪，对准对方的胸膛。

死一般的寂静，只有附近灌木丛中的鸟儿在啼叫。在这可怕的寂静中，安德鲁终于发出了让人不寒而栗的号令："一，二，三！"

"扑"只听见佐多米尔斯基那支枪的击铁打在火帽上的声音，火光一闪，可枪没有响！佐多米尔斯基运气不好，拣了支枪膛里没有子弹的手枪。可奇怪的是，斯坦姆没有开枪，他依然握住手枪，枪口直直地对准佐多米尔斯基的胸膛，脸上露出胜利者的微笑。

"开枪，你为什么不开枪？"面对死亡的威胁，佐多米尔斯基表现得从容镇定，无所畏惧。

斯坦姆被惹怒了，他狠狠地骂道："你没有资格发号施令，我在结束你的性命之前，要提一个条件。"

佐多米尔斯基愣了一下，点头说："你说吧，不过请快一点。"

"我不想结束你的性命。"斯坦姆说，"我是个命运不济而又玩世不恭的人，而你却有万贯家财，前程似锦。今天，命运之神却开了个玩笑，你必须死去，我却可以继续活下来。这样吧，你只要答应今后不再动辄跟人决斗，那我就不开枪。"

佐多米尔斯基冷冷一笑："是你逼得我不得不跟你决斗的，你不要再多说了，快开枪吧。"

斯坦姆一时反而显得有些茫然，他转过脸，求援似的对安德鲁要求道："副官，我的条件并不苛刻，你帮我劝劝他吧！"

安德鲁想不到事情会有如此好的结局，赶紧插到两人中间，说："行，我替他答应了，今后不再动辄跟人决斗。"

"不，这是你说的，我不同意！"佐多米尔斯基暴躁地推开安德鲁。

四周的军官们"哗"地一声围了上来，七嘴八舌地哀求道："上尉，你就看在众人的份上，答应了吧。你是一个受人尊敬的军人，答应斯坦姆的条件，无损于你的荣誉。"

佐多米尔斯基被众人劝得没了主意，好半天才像蚊子叫似的说了声："好吧，我答应。""好，太好了。"军官们全都高喊起来，都为有这样一个结局而欣喜若狂，有的人还把帽子扔向天空。

斯坦姆如释重负地吐了口气，他举起枪，微笑着对佐多米尔斯基说："我比谁都高兴，因为事实证明你是个勇敢的人，接受我的祝贺吧，这两支枪里都没有装子弹。"说完，他扣动扳机，枪果真没有响！

"哇！"佐多米尔斯基大叫一声，犹如受伤的狮子在吼叫，"我对天发誓，这是变本加厉的冒犯，比第一次更加叫人忍无可忍。不行，咱们得装上子弹重新来过。"

此时，斯坦姆像刚刚完成了一部杰作，显得心平气和。他双手一摊，说："今天随你怎样侮辱我，我也不会再同你决斗。"

"那么，你肯同我决斗吗？斯坦姆先生？"安德鲁也从惊愕中醒来，他一下脱去外套，大声骂道，"你的行为简直像个流氓，你不仅欺骗了佐多米尔斯基，也欺骗了我们大家。"

"对。假如安德鲁不能杀死你，下一个决斗对手轮到我。"
"我排下一个！"军官们义愤填膺，异口同声地站出来要和斯坦姆决斗。

斯坦姆这时才感到自己犯下了不可饶恕的错误，一时间，慌乱得口齿也不清了："不、我、我，不……"

军官们很快围拢过来，经过讨论，安德鲁作为证人，走到斯坦姆面前,严肃地说:"先生,你已经丧失了一切荣誉的准则,你的罪行是惨无人道的预谋,让佐多米尔斯基经受临死的人在感情上的各种冲动,而你却逍遥自在,不肯再次决斗……"

"不,把枪装上子弹,我愿同你们任何一位决斗!"斯坦姆恼羞成怒,他真的准备豁出去了。

可是,安德鲁轻蔑地摇摇头:"晚了,你现在已没有资格同你的伙伴决斗了,因为你玷污了你的军装,大家希望你立刻离开本团。"

斯坦姆呆呆地望着那一张张被激怒的脸,终于慢慢地低下了头,捡起地上的长剑,翻身跳上马背,狼狈地朝村子里飞奔而去。

军官们围在佐多米尔斯基身边,向他投去敬佩的目光。可佐多米尔斯基却面带忧容,深深地叹了口气,摇着头,仿佛要驱散心中的愤懑和不快。

佐多米尔斯基回到家,人还没坐定,安德鲁满脸惊慌地冲了进来:"快、快,上尉,你快去看看玛丽安娜吧。"佐多米尔斯基的心一下子沉了下去,他感到浑身发冷,紧张地问:"她出了什么事?"

安德鲁头垂了下来,悲痛地说:"玛丽安娜刚才还坐在窗前,盼着你凯旋,可是后来她看见斯坦姆骑马经过,她惊叫一声,昏倒在地。因为斯坦姆活着,结论必定是你死了。从那时起,她就一直没有醒过来。"

"啊,我的玛丽安娜。"佐多米尔斯基惊叫一声,一头冲出门外,直奔玛丽安娜家。

只见玛丽安娜静静地躺在床上,面色苍白,她的容颜是那样安静,仿佛睡着了似的。此刻不管佐多米尔斯基如何呼喊,她再也不会开口答应,她虚弱的心脏再也经受不住沉重的打击!

没有多久,特罗依查修道院里多了一个26岁的修道士,不用问,他就是佐多米尔斯基……

(叶 金 改写)

马塞尔·埃梅(1902—1967)，以别出心裁的构思和幽默含蓄的风格闻名于二十世纪法国文坛。他的作品广泛反映现实生活，深刻抨击资本主义社会的一切痛疽。他笔下所描绘的生活图景，看来同神话寓言故事一样荒唐离奇，但当读者在这些幻境中经过一番遨游之后，便能悟出：原来这一幕幕的怪异现象，正是人们见多不怪的活生生的社会现实。

《小矮丑与美男子》是根据他的著名短篇《侏儒》改写的，作品风趣幽默，荒诞离奇，寓意耐人寻味。

小矮丑与美男子

巴纳布恩马戏班里有个矮子丑角，名叫瓦朗丹，长到三十五岁时，个子还不到九十公分，说起话来奶声奶气的，活像个五六岁的女娃娃。马戏团的人谁也不叫他名字，管叫他"矮丑"。

　　马戏团巡回演出，一站一站演下来，矮丑每次和他的老搭档——一个身高二米多，瘦得像根竹竿的"蛇人"在台上一出现，立即全场轰动，笑声四起。矮丑表演，既不化妆也不矫揉造作，只是恭恭敬敬地向观众一鞠躬，然后反剪双手用目光对观众扫一眼，操着女娃娃一样的细嗓门，一本正经地说几句老气横秋的话儿，就逗得观众笑破了肚皮，赢得了全场一片掌声。

　　矮丑不仅受观众欢迎，也讨马戏班全体人员的欢喜。就以女马术师热尔米娜说吧，这位小姐不仅演技高超，人也长得俊俏。她有一头漂亮的金发，婀娜多姿的腰间系一条桃红色的纱短裙，表演起来活像一只在晨光中飞舞的彩蝶。每次矮丑演完走进幕后，她总喜欢把矮丑抱起来坐在自己的膝上，亲亲他的脑门，吻吻他的脸儿，又用手抚弄他的头发，然后慢声细语地同他闲唠。

　　矮丑人虽小，可心并不小，他听着热尔米娜那些神秘莫测的话儿，也学着她的样，和她说些悄悄话，他们这般亲热劲儿，真把那些追求热尔米娜的小伙子们羡慕死了。

　　这天晚上，矮丑演完晚场后，和热尔米娜亲热了一阵，等到热尔米娜纵马登场后，他站在台边，看着她在马上左右翻腾，桃红色纱短裙满场飞舞，直把他看得眼花缭乱，心里可热乎啦。

　　演出结束了，马戏班登上了从里昂去马孔的路程。矮丑感到困倦了，就回到一辆车上，由女仆玛丽大妈服侍他上床睡了。到了第二天早晨，矮丑一觉醒来，突然发起了高烧，嘴里直嚷头痛。玛丽大妈忙给他服药，又关心地摸摸他的脚，看受凉了没。谁知这一摸，玛丽大妈顿时大吃一惊：怎么？以往他的脚离床栏杆差三十公分呢，这会怎么居然顶在床栏了？玛丽大妈吓坏了，忙推开车窗，冲着飞快前进的车队喊道："老天爷啊！矮丑在长个儿啦！快停车呀！"

　　可是，隆隆的马达声盖住了她的叫喊，车队继续向前疾驶。

她再看看矮丑，他还在继续长长，而且疼得连声叫喊，嗓音也在急剧变化，开始是童音，慢慢地变成了年轻小伙子粗犷的嗓门，玛丽大妈吓得团团直转。

这时候，矮丑本人也吓坏了，他惊恐地连声叫喊着："玛丽大妈，怎么搞的呀？我疼得受不了啦，身体快被拉断啦！大妈，我到底怎么啦？"

玛丽大妈咋知道怎么回事呢？她只得一边安慰他，一边不停地给他服药。

不到九点，小床再也容纳不下矮丑了，他只得把身子蜷缩起来。等到车队到达马孔，矮丑已经长成一个翩翩少年了，玛丽大妈赶紧去向班主巴纳布恩先生报告。

班主进来一见矮丑如此情形，连连跺脚，连声惋惜道："可怜的小伙子，你的饭碗算是砸啦！"他又转身对玛丽大妈摊手，继续说，"你说说，这个小伙子现在除了一米六五身子，还有什么所长？唉！他若能再长出一个脑袋，或者长出一个大象鼻子，那倒还不坏，可现在，我说矮丑，不，不，现在不该再叫你矮丑了，该称你瓦朗丹先生了！你看今晚你那节目谁来替你呀？"谁知就在班主说这番话的工夫，矮丑又长了四公分。班主惊讶地说："哎呀！照这样长法，不用多久，你就可长成个巨人了。要是能这样，也很不错，可以凑凑合合登台了。"

然而班主在离开前，还是千叮嘱万嘱咐玛丽大妈，不要把这事张扬出去，若有人问起，就说矮丑病了。

到了晚上，矮丑，也就是瓦朗丹的病痛终于结束了，他的身高到了一米七五，俨然成了一个英俊的小伙子。玛丽大妈惊喜地对他左瞧右瞧，边瞧边划着十字说："我的上帝呀，多么漂亮的小伙子呀！"她让瓦朗丹走了几步，啧啧称赞道："身材多好！多有风度！嘿，当年班主先生年轻时，也及不上你这么潇洒、英俊！"

听到这些赞美话,瓦朗丹心里觉得美滋滋的。然而更令他兴奋的是:过去有些东西他提也提不起,可如今拿在手里顿觉轻飘飘的了。而且他那脑袋瓜子也起了变化,以往觉得自己的脑子很充实,可眼下却发觉不够用了,连以往的概念和见解都变了。他甚至以一个男子对妇女的评判,取笑起玛丽大妈来。

就在这时,班主来了,乍一见他简直以为瓦朗丹是玛丽大妈请来的大夫。他睁圆了眼睛瞧着瓦朗丹,不由冲口而出:"多神气的小伙子!"赞了一句后,又说,"嗯,我的老弟,你发生的这种变化确实很怪,究竟后果如何,还很难说。不过,你老闷在车里也不是个办法,跟我出去透透气吧,碰见了人,我就说你是我的亲戚。"

于是,瓦朗丹由班主陪同信步走着。一出门,首先碰到了他的老搭档蛇人,蛇人见班主陪着个容光焕发的壮小伙子,他忧郁地、冷冷地打量他一眼,然后关切地问:"矮丑怎样啦?"班主答道:"情况不妙,刚才大夫来过,已经把他送医院了。"

瓦朗丹忍不住快活地插了一句:"看来他的性命难保了。"

蛇人一听,当即掉下泪来,他擦擦眼睛说:"他是我最要好的伙伴。他的个头那么小,根本容不下半点坏心眼。他的脾气温和,为人厚道,可他现在却……"蛇人说不下去了。

瓦朗丹听了十分感动,他真想告诉蛇人,他就是矮丑。但他没有出声,只是友好地望着蛇人,蛇人见他望着自己,瞪了他一眼,鼻子里哼了两声走开了。

瓦朗丹跟着班主继续向前走去,他们碰到的每一个人,都关切地问班主矮丑情况怎样了,并且都不约而同地抹眼泪,脸上露出了忧郁的神色,可是对这位由班主陪着的漂亮英俊的瓦朗丹本人,却理也不理。这使瓦朗丹既尴尬又扫兴,他甚至怨恨起矮丑在大家心目中还占着那么重要的位置。

这时马戏场上,蛇人正在表演他的拿手好戏,看台上传来阵阵赞叹声,瓦朗丹想,如今我已变成了完美无缺的人了,观众准会格外欢迎我的。这么一想,他兴奋起来,急着想一个人独自出去见见世面,领略一下人们对自己英俊潇洒的气度如何赞赏有加。

他到了街上,昂首挺胸,神气十足,只觉得从未有过的舒坦,感到浑身都充满了力量,心中好不高兴。可是逛了一圈,他那得意的劲儿慢慢消失了。因为,人们并没有像过去见到他那样兴趣盎然,甚至过往行人几乎谁也没去注意他。他不由暗自叹道:我长高了,成了一个美男子,人们竟然视而不见,理也不理我。唉!这世界难道专为矮人创造的?

他无精打采地回到马戏班,朝马厩走去。他想:热尔米娜小姐过去曾那么欢喜我,如今我成了美男子,她准会喜得发疯,紧紧地搂抱我的。

他一进马厩,见热尔米娜小姐正坐在圆凳上,一个马夫正在给她的坐骑备鞍。他见周围再没其他人,便趁机打量起她来,他发现热尔米娜比过去更迷人了。他对她那鲜艳的花领、红黑相间的服装似乎不感兴趣,而被她那苗条的身材、健美的双腿、纤细的脖颈,以及那微微隆起的胸脯吸引住了。他想起昨天晚上,自己就坐在她的膝上,小脑袋就枕在她那柔软的胸前,享受着她的亲吻,如今自己的个头高了,当然不能再坐在她的膝上,但是我这蓄着美髯的英俊面孔,一定能得到她的亲吻。

这么一想,他上前一步,对热尔米娜说:"我是瓦朗丹。"热尔米娜淡淡地回答:"我记得刚才见过你,先生。听说你是巴纳尔恩先生的亲戚……你看得出吗?我现在很伤心,因为刚才听说,我的朋友矮丑住院了。"

瓦朗丹说:"这没有什么了不起……我要向你说的是,你太美啦。你这一头金发真漂亮;还有你这双黑眼睛、鼻子、嘴唇……若是能让我亲亲你，我就太高兴了。"

热尔米娜的眉头皱了起来，脸色冷得使瓦朗丹大吃一惊。瓦朗丹忙解释说："我可不是有心惹你生气。等你同意了，我才会吻你。你实在太漂亮了，你的脸蛋、脖颈，特别是你的胸脯，太迷人了……"瓦朗丹嘴里说着，竟忍不住伸过手去。可是还没等到他的手碰到热尔米娜的胸脯，只听"啪"一声，他的脸上便挨了热尔米娜的一记耳光。热尔米娜声色俱厉地训斥他没有教养，说她人虽穷，却是个有自尊心的演员。瓦朗丹张口结舌，愣了一会，才红着脸说："爱情使我失去了理智，小姐，你太使人可敬可爱了，我一见到你那金色的头发，温柔的目光，一见到你的仙姿与神采，我的眼睛就被迷得恍惚了！"他见热尔米娜的脸色变得温和了，又说："我怎样做才能使你理解我的心呢？我向你发誓，我一定要把一笔与你的美貌相称的财富，奉献到你的面前！"

就在这当儿，班主走了进来，他听了瓦朗丹的话，对热尔米娜说："你别听他胡扯，他呀，一个铜子也没有。他连马戏班里最起码的小丑都不如。小丑还有一套出色的演技呢，可他什么也没有！"

瓦朗丹一听，大叫道："不，我有，我有一套出众的本领，观众一见我，就掌声不断。"

热尔米娜问："那，你是演什么的呢？"

班主忙打断道："你别听他的。"边说边拖着瓦朗丹就走。等到周围没有旁人时，班主才带着讽嘲意味问道："好吧，瓦朗丹先生，请你谈谈您的本事吧！哼！本来你还有点儿本事，可全让你自己给糟蹋了，你还自鸣得意呢！这会儿你再上场试试，看哪个观众还会给你鼓掌？你不要以为如今一表人才了，就一副神气活现的样子。要知道，原先你那九十公分的身高，是咱马戏班的光荣，可如今你能有啥用？嘿嘿，我看只有去追求追求姑娘们，那倒挺美的。不过，你又拿什么去养活她们呢？"

听了班主这番话,瓦朗丹生气了,他自信地说:"这是什么话!你瞧吧,热尔米娜小姐准会嫁给我的。不信,你敢和我打赌吗?"

班主大摇其头:"绝不可能,她是个相当精明的女人,绝不会干傻事嫁给一个一无所长的人,除非你成为一个名演员。"

瓦朗丹为了赢得热尔米娜小姐的爱情,他决心去当一个名演员。班主念他过去为马戏班出过力,愿意为他负担学艺的经费。

瓦朗丹为了爱情去学艺了。他首先去学"空中飞人",可是学这技术,不仅要有特殊天分,而且要求身体柔软有弹性。他已成年,结果失败了。接着他去学演小丑,学了几小时,小丑演员说他是瞎子点灯——白费蜡,搞不出啥名堂。他不甘心,又学骑马,马倒是骑得稳稳的,但只是像个战士骑马,而没有作为演员的超群才华。他去学驯狮,结果差点被狮子吃了。

瓦朗丹连连受挫,弄得垂头丧气,连热尔米娜的骑马表演也不好意思看了,只得回到玛丽大妈的屋里。

玛丽大妈听了他的诉说,热情地安慰他说:"情况会改变的,你也许还会变成矮丑,那时大妈再天天给你盖被子。"

瓦朗丹愣怔了好一会,问道:"若是我再变成矮丑,热尔米娜小姐会对我怎么样?"大妈说:"她还会像过去一样,把你放在她的膝盖上,还会亲你。"

瓦朗丹长叹一声:"玛丽大妈,你哪里知道,我再也不愿意当矮丑啦!"

瓦朗丹变成正常人已近一个月了,他日日夜夜想着热尔米娜小姐,可热尔米娜却连正眼也没看过他一次,更没朝他微笑过,这使他很懊恼,很伤心,很失望。

这天晚上,马戏班演出,每个演员都登台表演,各献技艺。瓦朗丹穿着号衣混在仆人群中,这时,他已失去了从事艺术生涯的一切希望,他眼巴巴地瞧着热尔米娜小姐在场子上跑马,只见她立在马背上,向观众张开双臂,用微笑回报掌声。可是在她的眼睛里几乎根本不存在瓦朗丹这个人。瓦朗丹感到十分孤独、厌倦与羞愧。他暗自叹道:完啦! 我永远上不了场啦! 马戏班里再也没有我瓦朗丹的位置了。

他朝观众席上看了一眼,见不远处有几个空座位;他悄悄地走过去,像观众一样坐下来,他听着观众们对演员技艺的评论,发现观众们对热尔米娜精湛的马术赞不绝口,他的心阵阵刺痛。

演出结束了,瓦朗丹再也无脸回到马戏班,他随着人流走出了马戏场。

班主一直注意着瓦朗丹的一举一动,他看着他坐到观众席上,看着他随着人流出了马戏场。他没有去阻止他,只是对微微喘息、脸露喜悦的热尔米娜说:"小姐,我不得不告诉你一件不幸的事……矮丑已经死了。"

热尔米娜顿时伤心地哭了……

(劳 沉 改写)

让·保尔·萨特(1905—1980),法国存在主义小说家和戏剧家,同时也是哲学家和社会活动家。代表作有:《厌恶》、《自由之路》、《一个厂主的早年生活》、《阿尔托纳的隐藏者》、《死无葬身之地》等。

《为了战友》根据萨特剧作《死无葬身之地》改编,它成功地描写了游击队战士被捕后以不同方式表现出的英勇不屈精神。

为了战友

第二次世界大战时期,法国边远山村的一所教堂里,此刻正关着五位游击队战士。他们是索尔比、卡诺里斯、昂利和吕丝、弗朗姐弟俩。他们是在昨晚执行侦察任务时,中了敌人的埋伏而被捕的。

这所教堂是幢三层的楼房,敌人把他们集中关在靠东面的一间,然后开始一个个地审讯。

首先被带走的是索尔比。不一会,隔壁传来木棍敲击肉体"扑扑"的声音,又过了一会,索尔比终于坚持不住轻轻呻吟起来,很快变成一阵阵嚎叫,这声音很响,很惨,也传得很远。

战友们都默默地围坐在一起,谁也不开口。

吕丝感到弟弟弗朗的身子在一阵阵发抖,心里就有些担忧。她朝弟弟的身旁靠了靠,关心地问:"你害怕吗?"

弗朗抬起那张已经变了形的脸,讷讷地说:"姐姐,我很热。"

吕丝伸手掏出手帕为弟弟擦去脸上的汗珠,叹了口气,责备道:"弗朗,你汗流浃背,却又浑身打哆嗦,你是害怕了。"

卡诺里斯在一旁看了心酸,朝吕丝使了个眼色,劝道:"别责备他,弗朗只有15岁,换上我也会害怕的。"

吕丝又叹了口气,沉重地提醒道:"弗朗害怕的后果,你考虑过了吗?"

空气一下子静得仿佛要凝固,好半天,昂利才吹了声口哨,打起圆场:"好啦,别去想它啦,待审讯一结束,他们就会朝我们脑袋开枪,那时就什么事也没有了。"

隔壁又传来一阵惨叫,吕丝再一次打破沉默:"不知若望现在在哪里……"若望是游击队的队长,也是吕丝的未婚夫,此刻他正带着部队朝这边移动。因此,吕丝的话,使众人的心沉甸甸的,他们怕游击队不明底细,再次中了敌人的埋伏。

就在大家胡思乱想的时候,外面传来一阵杂乱的脚步声,"砰"地一声,门被打开,从外面跌进一个人来。

大家以为是索尔比回来了,纷纷站起身,准备上去搀扶,却不料吕丝首先惊讶地叫了声:"啊,你……"大家再一瞧,一个个都傻眼了,进来的竟是他们的队长——若望。

吕丝一阵心酸,眼泪止不住就掉了下来:"若望,队伍呢?"若望镇静地做了个手势,用不急不慢的声调说道:"别叫我名字,也别哭哭啼啼，我完全有机会出去！"见他们不相信，又解释道，"你们走后，好久没有音讯，我不放心，就让部队在原地待命，自己化装成西米埃人，一路找过来，不想遇上了敌人的哨兵。我对他们说自己住在西米埃，是个生意人，他们似信非信，就将我带到这儿，同时派人去西米埃查我是否说了假话。"

吕丝一听，心头一松，但随即又担心地问："西米埃那边？"

"放心吧，那边有我们的组织，他们知道该怎么回答，我估计天亮时就可以脱身了。"

队长的一席话，把大家的情绪给鼓动起来，他们纷纷把自己看到的敌人暗哨方位告诉若望，让他一出去，就转告游击队。

到天快黑时，几个德国兵架着索尔比回到牢房，只见他浑身血肉模糊，一进门，就紧贴着墙倒了下来。德国兵又一指卡诺里斯："你，跟我们走！"卡诺里斯吹了一声口哨，满不在乎地挺了挺胸，故作不解地问："请我去吃饭吗，我的肚子早饿了。"说完，又朝伙伴们眨眨眼，这才大模大样地走了出去。

待牢门关上，若望一个箭步冲上去，准备去抱索尔比，却被昂利一把拦住："别忘了你的身份。"瞧着朝夕相处的战友被折磨成这副样子，若望拳头握得紧紧的，牙齿咬得"咯咯"直响，终于他像一头发怒的雄狮，不顾一切地朝门口走去。

昂利心头一沉，立刻喝道："站住，你要干什么？"

若望火爆爆地说："我去对他们说，我是队长，让他们放了你们。"

吕丝走过去，用哀怨的眼神看着心上人，责怪道："你怎么变傻了，敌人会发善心放了我们？"

"要死，我和你们一起死，我不能看着你们为我遭难。"说着话，若望又要伸手去拉门。

"啪"昂利用足气力，狠狠地扇了若望一个嘴巴子，严厉地怒斥道:"你死了,谁去给战友们送信?"

若望一时间无言以对,慢慢地耷拉下脑袋,再也作声不得。

那边,索尔比身子轻轻动了一下,嘴里轻轻地呻吟了一下,慢慢睁开眼,一见若望,忍不住惊叫起来:"队长,你怎么也进来了?"若望赶紧作了解释,索尔比这才像孩子似的笑了:"这就好了,队长,你出去后,对战友们说,我索尔比没给他们丢脸,我什么也没说。"

吕丝掏出手帕,为索尔比擦去脸上的血迹,弗朗在一旁胆怯地问:"他们打你了?"

"嗯,他们拳打脚踢,还敲我的肘关节,但这没什么,我终于挺过来了。"

弗朗听了,浑身又是一阵颤抖,他的心仿佛浸在冰窟窿里。

再说卡诺里斯被带进审讯室,几个模样凶狠的德国兵把他团团围住,一个佩戴上尉军衔的军人傲慢地命令道:"快说,你们的游击队在哪里? 你们的队长在哪里?"见卡诺里斯不吭声,他上去用拳头照着对方的脸狠狠地揍了几下,血立刻从卡诺里斯嘴角流出来。

卡诺里斯"呸"地朝上尉吐了一口痰:"小子,手上倒还有劲。"

上尉气得歇斯底里地狂叫起来:"快,快把他绑在椅子上,拿钳子来,拔他的指甲。"

一群德国兵疯狂地冲上来,卡诺里斯突然叫起来:"放开我,我说。"

上尉脸上露出了笑容,他得意地点燃一支烟,示意手下人松绑:"好吧,快说!"

卡诺里斯活动了一下身子,又做出一副神秘的样子,说:"队长在哪里,我知道,我是他的心腹,他在……"说到这里,突然朝右边一指,"在那!"趁着德国兵都顺着他手指的方向望去时,卡诺里斯猛地扑向窗口,麻利地爬到窗台上。

德国兵从震惊中清醒过来,上尉急得连声喊:"别跳,别跳,下面都是石头,只要你招供,我马上放你出去。"

卡诺里斯没有睬他,用尽全身力气喊道:"战友们听着,我没招供!"就在德国兵一拥而上的同时,他头朝下地跳下去,半空中还传来一声:"晚上好!"

卡诺里斯牺牲了,战友们轮流踏着一只旧火炉,爬到装有铁栅的窗口朝下望着,与他告别。只有弗朗瑟缩发抖地蹲在墙角,嘴里还不住地咕哝着:"我也会死的,我也会死的……"

吕丝担心地望着弟弟,她估计下一个就该轮到弗朗了,弟弟万一顶不住,那不是要成为叛徒了?想到这,她快步走过去,又一次叮嘱道:"弟弟,你可不能出卖队长呀。"

不料,弗朗惊恐地捂住耳朵,绝望地摇着头:"我、我受不了了。"

若望的眼睛湿了,他同情地对吕丝说:"他还是个孩子,真要顶不住,就让他把我供出来吧。"

吕丝没理若望,只是伸出手去,把弟弟的脸扳过来,看着自己,严肃地问:"告诉我,你准备怎么办?"

弗朗看了看大家,突然发作似的大喊大叫起来:"我要揭发他,我都说出来,姐姐,我要救你……"

此刻,弗朗已经无法控制自己,声音越来越响。吕丝的脸刹那间白了,她看了一下昂利和索尔比,颤抖着问:"他真会说出来吗?"昂利和索尔比明白了吕丝的用意,艰难地点点头,然后慢慢朝弗朗走去。

弗朗挣开姐姐的手,惊恐地问:"你们要干什么?"

若望也觉得事情不妙,一个箭步冲上去,用自己的身子护住弗朗:"不许乱来,我是队长,你们得听我的。"

吕丝面无血色,但人依然十分镇静,她面对着心上人,轻轻问:"若望,你现在手下还有多少人?"

"这你知道,60个弟兄。"

"如果弗朗供出你,那么不久60个弟兄也会像老鼠一样地死去。要他们还是要弗朗,你选择吧!"

若望像是被施了魔法,傻呆呆地不动了。终于他颓然低下脑袋,默默地退到一边去了。

昂利的手掐住了弗朗的脖子,弗朗使足劲叫起来:"姐姐,救救我呀……"

吕丝快要支持不住了,她不敢看弟弟的眼睛,嘴里却是像在哄刚出生的婴儿:"弗朗,我唯一的爱,原谅我们吧,马上一切都会结束的。"她见昂利他们动作有些笨拙,不由发火地骂道:"蠢猪,你们就不能快点吗!"

弗朗的挣扎声越来越低,终于完全消失了。昂利走到吕丝面前,轻轻地说:"他死了。"吕丝没有动弹,好像没有听见,隔了一会,她一跃而起,发疯似的扑过去,抱住弗朗,把他的头扶到自己的膝盖上,然后不住地亲吻着:"弟弟,你没有招供,你没有成为叛徒,你仍旧是我们大家的好兄弟……"

大家默默地望着弗朗那灰褐色的眼睛,说不出是什么滋味。

到天快亮的时候,德国兵来带若望,从他们的表情看,事情一切顺利,敌人已经相信他就是西米埃人,并且马上要释放他了。

若望不能当着敌人的面向战友们告别,但他心里在暗暗说:"等着吧,我们马上会来救你们的……"

(叶 金 改写)

亨利·特罗亚,法国当代小说家、传记作家和戏剧家,是仅次于巴尔扎克的第二位最受法国读者欢迎的现实主义作家。他的主要成就是多卷本连环长篇小说,如《只要大地继续存在》、《春种秋收》。

《奇怪的顾客》是根据他的短篇小说《罪犯与家庭诗人》改写的,其故事核曾在我国读者群中变异流传,作品充满了机智和幽默,家庭诗人怪诞的心理被描摹得入木三分。

奇怪的顾客

故事发生在法国。

市民公墓附近,有个经营花圈生意的商店,店主是厄泰尔普夫妇。商店开业到现在已经有二十五年了,生意一直很兴隆。

这天傍晚,厄泰尔普先生正好出去办点事,快关门的时候,店里来了一个顾客，瘦瘦的，看上去有七十来岁，显得很忧虑。厄泰尔普太太连忙迎上去，殷勤地问："您想要什么，先生？"

这个顾客答道："我想看看花圈。""那么请吧，先生，"厄泰尔普太太说，"花圈都在这儿，您要多大价钱的？"

那顾客一看，靠墙摆着的一溜花圈，品种不一，有金属月桂，有塑料玫瑰，有不锈钢勿忘我，有防腐常春藤。花圈的挽带上分别写着："献给我的慈母"，"献给最心爱的长兄"，"献给亲爱的父亲"，"献给我的好表兄"，"献给我最喜爱的外甥"，"献给我那由同一个奶母哺育的姐姐"，"献给我不可取代的女婿"……总之，什么样的个人不幸都能在这些挽带中找到寄托。

顾客逐一看着这些花圈，看得非常仔细。厄泰尔普太太轻声说："先生，您瞧，我们的品种是相当丰富的，您可以挑选合适的……"那顾客一言不发。厄泰尔普太太便又小心地介绍说："紫罗兰花的，做工很精致；至于瓷玫瑰的，如果您失去的亲人是一位年轻的女性，我建议您最好买这一种送给她。问一问您同那位仙逝的人之间的关系，也许是不谨慎的吧？"

一听这话，顾客霎时脸上显出痛苦的表情，双目直勾勾的，撅起了嘴唇。他深深地叹了一口气，低声说："亲戚关系。"

"是男的，还是女的？"

"男的。"

"他是您的什么人？"

"您的好奇心太大了，太太。"顾客似乎有些不满。

"不是好奇，"厄泰尔普太太说，"我不得已向您打听，是想知道您买花圈是为一位表弟，为老父亲，还是为一位长兄……"

"好了，"厄泰尔普太太话音未落，顾客立即举手制止她这种不祥的列举，并且说，"我每种要一个。"

"什么？"厄泰尔普太太惊得透不过气来。

"每种一个，"顾客重说了一遍，"当然，仅限于男性。"

厄泰尔普太太咽了一口唾液:"好的,先生,也就是说,一个亲爱的父亲,一个亲爱的兄长,一个亲爱的儿子,一个亲爱的外甥……"

"还有一个亲爱的伯伯,"那顾客匆匆接着说,"一个亲爱的表兄,一个亲爱的岳父,一个亲爱的女婿,所有的一切……"

"好吧,"厄泰尔普太太说,"我给您取。"她吓得直冒汗,随后把花圈逐个装进汽车里,堆在后面的横座上,这些花圈的挽带上,落款分别写着一个完整家庭的所有成员。

经厄泰尔普太太的手,这个商店二十五年来不知卖出了多少花圈,但这种成套的购买,不能不使她吃惊。她心中忽然一亮,叫道:"我明白这是怎么一回事了,您家所有的男人在一次事故中全都遇难了!"

"一点不错。"顾客答道,他接过厄泰尔普太太递过来的发票,毫无争议地付了钱,上了出租汽车,关上车门,没有打招呼,汽车就开走了。

晚上,厄泰尔普太太把这件事告诉了丈夫。谁知她刚一说完,厄泰尔普先生就皱眉骂道:"可恶!这家伙一定是想在近几天把家中的男性逐个干掉,或者一次灭绝。我们的商品将在埋葬这些受害者时出现,真可怕!应该想办法制止这样的大屠杀,我们必须赶紧采取措施。你问过他的名字和地址了吗?"

"我没有想到这些。"

"注意出租汽车号码了吗?"

"实在说,没有。"

"唉!"厄泰尔普先生责怪地瞧了太太一眼,无可奈何地两手一摊,坐了下来。

丈夫的话使厄泰尔普太太自责不已,第二天,她一整天都闷闷不乐。傍晚时分,当她坐在店门口想松口气的时候,突然看见马路对面的人行道上,正走着昨天来买花圈的那个奇怪的顾客,此刻,他在厄泰尔普太太的脑子里,完全是一个恶棍的形象,穿着黑衣,擦墙而过。厄泰尔普太太心里像挨了一锤,她不假思索地站起来,悄悄地穿过马路,跟了上去。

一路上,那人毫无察觉,一边走一边耷拉着肩膀,双手在后面摆来摆去,眼睛东瞧西看的,同一个正常公民的举动没有什么两样。但是,厄泰尔普太太并没有被他这样的假象所蒙骗,她一直跟踪那人走进一处寒伧的寓所。她躲在墙角监视着,看见他打开房门,便跳出来叫道:"站着别动!"那人愣住了,回转身,瞪着眼,张着嘴,奇怪地望着她。"让我进去,"厄泰尔普太太用不容置辩的语气说道,并且没等他回答,就冲了进去。

这是一个很普通的小房间,靠墙放着一溜子昨天从厄泰尔普夫妇花圈店买来的花圈。厄泰尔普太太一数,一只没少,她庆幸自己来得很及时,得胜似的松了一口气。

"您有什么事,太太?"那人一边关门,一边结结巴巴地问,"我不认识您。"

"我认识你!"厄泰尔普太太以审问犯人的口气说,"你叫什么名字?"

"莫里斯·巴罗丹。"

"婚姻状况?"

"未婚。"

"年龄?"

"七十……但是,您有什么权利问我这些?"

莫里斯站在厄泰尔普太太对面,厄泰尔普太太发现他的皮肤松弛下垂,面色发灰,鼻子窄长,忧郁的眼睛里含着泪水,插在短上衣内的左手不停地颤抖。然而,厄泰尔普太太知道某些老家伙虽然外表老朽,但实际上却很有力气,而且像老虎一样灵活。她突然意识到自己处境十分危险,于是两眼紧盯着对方插在短上衣内的手,见他往门边迈步,立即叫道:"不许动!"

"不要这样,太太,"莫里斯低声说,"我是在自己家里,我有权……""你什么权也没有。"厄泰尔普太太抢白道,"你得听我的,是我卖给你这些花圈的!"

噢,她原来是花圈店来的!莫里斯双手捂着脸,慢慢地蹲了下来。只听厄泰尔普太太继续说道:"是的,当时我没弄清你买那么多花圈的用意,但是我很快就明白过来了,你是一个坏人,倒是想得出谋害亲人的鬼点子……"

"不!"莫里斯大叫一声,抬起了头。厄泰尔普太太看到他苍白的脸上挂满了泪水,嘴唇不住地哆嗦着。

只听莫里斯磕磕巴巴地说:"太太,这是……这是一个秘密……我全给您说了吧……是这样,我……我是一个家庭诗人,我老了……有心脏病……医生们都说我只能活几个月,也许只能活几天……因此,我总是想着死,想着自己的葬埋。在这个世界上,我没有亲人,没有朋友,什么人也没有。因此……可以想象得出,我……我那穿街而过的柩车,没有一个花圈,没有一束鲜花,光秃秃,孤零零……为了避免这沮丧的结局,我想给自己造出所有的亲人来……"莫里斯说到这儿,老泪纵横。

厄泰尔普太太惊呆了,喉咙哽咽,泪花闪闪,一个曾被她和她的先生怀疑为罪犯的人,却原来是个多愁善感的家庭诗人。

一个月之后,莫里斯死了,他的葬礼惊动了所有爱看热闹的人。虽然只有厄泰尔普夫妇并肩跟在柩车后面,但柩车上却堆满了花圈,一条条白色的挽带显示出一个繁茂而忠实的家族的痛苦。在这些花圈旁边,还多了一个用不锈钢勿忘我扎成的花圈,挽带上写着:献给亲爱的莫里斯·巴罗丹先生。署名是:厄泰尔普夫妇。

(胡新宇 改写)

安东·巴甫洛维奇·契诃夫（1860—1904），十九世纪俄国批判现实主义大师，小说家、戏剧家。他一生写下了大量的不朽之作，仅小说就发表了几百万字。主要作品有《第六病室》、《脖子上的安娜》、《变色龙》等。他那对现实社会的深刻观察，痛切的批判，他那忧郁中的乐观，微笑中的叹息，那幽默含蓄的风格，精练自然的文笔，永远给读者以启发和回味。

《活见鬼》是根据他的小说《犯罪》改编而成的，作品幽默、含蓄，较好地体现了作家的创作风格。

活见鬼

米古诺夫是个八等文官，他有个习惯，吃完晚饭喜欢到郊外散散步。

这天，吃完晚饭，他又到郊外的水塘边散步，正在悠闲地欣赏晚景时,突然听到一声怒喝,那声音好像半空中炸响的惊雷:"好哇,你终于来了!"米古诺夫抬头一看,禁不住倒吸一口冷气。

原来,吼叫的是曾经在他家当过女仆的阿格尼雅。只见她双手叉腰,双眉倒挂,一副杀气腾腾的样子。米古诺夫忍住心跳,问道:"你找我有什么事?"阿格尼雅向前逼近一步,开门见山地说:"孩子我已经生下来了,我要跟你打官司,还要把这件事告诉你太太!"

一听这话,米古诺夫只觉得两眼一黑,人几乎要跌倒在地。他想起当年那个雷雨之夜,心里十分后悔。那天晚上也不知吃了什么迷魂药,他竟昏头昏脑躺在这个平时根本看不上眼的女仆怀里,如今报应了,真的闯出祸来了。米古诺夫又急又怕,怔了好半天,才赔着小心哀求道:"是我不好,都是我不好,求求你,千万别声张出去。"

阿格尼雅见对方吓成这样,不禁暗暗得意,但她仍板着脸,强硬地命令式地说道:"要我不声张当然可以,但是你必须加倍赔偿我的损失。明天你以我的名义,到银行里去存5000卢布!"

米古诺夫一听,脸顿时吓得煞白,忍不住叫了起来:"天哪,这么大的数字,叫我到哪里去筹措呢?"

阿格尼雅才不管这些,她仍气势汹汹地警告道:"你如果不照我的意思办,我就把那娃娃丢到你家门口去,让所有的人都知道你是个卑鄙无耻的家伙!"说完,转身扬长而去。

从这天起,米古诺夫整天为那5000卢布而犯愁。他知道,自己的存款都在妻子手里,一时间根本要不到这么多钱;他更知道,阿格尼雅是个粗俗无知的泼妇,如果不答应她的条件,她真会不顾后果地抖出这桩丑闻,这样一来,自己的家庭,自己的名誉,以及自己向上爬的美梦,都会受到严重损害。米古诺夫愁得神情恍惚,心惊胆战地挨过了一个星期。

这天晚上,他从郊外散步回来,已快十点钟了,此时月亮被乌云遮住,街上早已没了人影。米古诺夫没有马上进屋,在家门口摸出火柴,想抽支烟,火光一亮,他惊得差点喊出声来。

原来亮光中,他突然看见台阶上放着一个用棉被包着的东西,顿时,一种不祥之兆传遍全身,就好像看见那里有条蛇似的。过了半晌,他才屏住呼吸,颤抖着伸出手去。一摸,果真是个热乎乎的婴孩!刹那间,米古诺夫头发根根竖起,满身起了疙瘩,禁不住心虚地朝四下看看。

此刻,米古诺夫心里明白:自己没有满足阿格尼雅的要求,这个肮脏的泼妇真的把婴孩丢到这里来了!米古诺夫一想到这,真是又气又怕,忍不住抬起头,看见自己家中一扇窗开着,他听见妻子在屋里走动的脚步声。多危险啊,此刻只要婴孩一哭,那么整个秘密就会被揭穿,美满的家庭就会闹个天翻地覆。米古诺夫再也不敢想下去,一哈腰,抱起婴孩,就像做贼似的一溜烟跑了起来。

他觉得眼下,首要的任务是人不知、鬼不觉地将婴孩处理掉,这样阿格尼雅即使找上门来,自己也可以赖个精光。可是怎么处理这个婴孩呢?米古诺夫大脑像风车似的旋转起来:这婴孩是自己的亲骨肉,当然不能扔到野地里去喂狗,唯一的办法,只有请人代为收养。找谁呢?米古诺夫盘算了好久,终于想到了美尔金。他是个富有的商人,同时,美尔金的太太还是个软心肠的女人。

主意打定,米古诺夫便顺着一条荒凉的巷子匆匆朝美尔金的别墅走去。他越走,心里越是沉重,总觉得自己是在做一件非常残忍的事情,可不这样做,自己一生的名誉,转眼之间,全都会给毁了。终于,米古诺夫心情极其矛盾地来到了美尔金的家门口。

他放下婴孩,眼中突然滚出了泪珠;这毕竟是自己的亲骨肉啊!一想到这,他忍不住上去解开包裹,借着门缝里透出的光亮,仔细一看,米古诺夫的心又一次"怦怦"狂跳起来:这孩子多像自己呀,钩鼻子,粗眉毛,皮肤白净,头发乌黑,正张着小嘴甜甜地酣睡着。看着看着,米古诺夫忍不住泪水淌了下来。最后他长叹一口气,轻轻放下婴孩,嘴里喃喃低语:"孩子,原谅我这个混蛋,千万别怨你爸爸呀。"说完,退后一步,正打算离开,猛地,婴孩"哇"地啼哭起来,米古诺夫心中一紧,竟把心一横,抱起婴孩拼命地朝自己家中奔去,他不敢停下来喘口气,他怕一停步,自己又会改变主意。

米古诺夫气喘吁吁地奔回家中,放下婴孩,立刻"扑通"一声在妻子面前跪下,哭着说道:"安娜,我的好妻子,饶恕我吧。你要是有气,就折磨我好了,千万别毁了无辜的孩子。反正我们没有孩子,我们就收养他吧!"

安娜被丈夫这番没头没脑的话弄懵了,她好半天没明白发生了什么事,惊诧地问:"你今天是怎么啦?你说的话我怎么一句也听不懂?"

米古诺夫又像个孩子似的扑上去,抱住妻子的大腿,不歇气地说:"我坦白,我犯了罪,这是我的孩子,你还记得咱们家以前的女仆阿格尼雅吗?她……"

终于,安娜渐渐地听明白了,一时间,她只感到头晕目眩,万箭穿心,脚一软跌坐在沙发上,一句话也说不出来。

米古诺夫又羞又怕,觉得自己再也无脸在妻子面前待下去,就站起身跑出门外。他站在那里浑身哆嗦,不知还会发生什么事。

正在这时,传来一阵骚动声,米古诺夫看到他家的看门人带着一个女人急急忙忙地从他面前跑过去。见他们那般惊慌失措的样子,米古诺夫感到奇怪,忍不住问道:"喂,你们这是怎么啦?发生了什么事?"

看门人想说什么,可是看看身旁的女人,又把话缩了回去,米古诺夫更奇怪了,上去一把揪住他的衣襟。在主人的再三追问下,看门人才无可奈何地说道:"刚才这位洗衣女工到我这里来玩,她把娃娃放在这儿的台阶上,跟我进了屋子,可、可不知是谁把她的孩子给抱走了。"

"什么,你说什么?"米古诺夫一下子蹦了起来,他不敢相信自己的耳朵,大声地问:"那婴孩是这位女工的? 天哪,她为什么要这样做呀?"

看门人领会错了主人的话,脸一下子红了,有些胆怯地辩解道:"我、我是个男人,要是没有女人……过去、过去阿格尼雅在这儿的时候,我可以找她,如今、如今……再说时间也不长呀……"

"混蛋!"米古诺夫莫名其妙地骂了一声,他什么都明白了,再也顾不得多问,一转身飞快地奔回屋里。

这时,安娜像个木偶似的坐在那里,苍白的脸上挂满了泪珠,眼睛紧紧地瞅着那个婴孩。米古诺夫尴尬地上去抱起婴孩,苦笑着说:"安娜,我这是和你闹着玩的,这不是我的孩子,这是洗衣女工的孩子,人家正在外面等着,我现在就把他抱出去……"

(叶 金 改写)

艾特马托夫,苏联当代作家,生于1928年。1958年发表的以爱情为题材的中篇小说《查密莉雅》,使他在国内外一举成名。他的作品大多以爱情和善与恶的斗争为题材,在艺术上注意吸收神话、传说和民间故事等创作手法,因而形成了强烈的浪漫主义传奇色彩的独特艺术风格。

《觉醒》是根据他的中篇小说《面对面》改写的。故事人物不多,情节也不复杂,作家通过尖锐的矛盾冲突来表现主人公的性格,人物内心冲突写得细腻动人、真实可信。

黑山脚下有个小村庄,村里有一对新婚小夫妻。男的叫伊斯马依尔,是个皮肤黝黑,像仙鹤一样精神抖擞的小伙子;女的名赛义黛,是位漂亮、羞怯、善良的牧羊女。小两口在蜜月里就一起下地,白天一边干活一边逗笑,等到太阳落山后,到灌溉渠里痛痛快快地洗好澡,然后一起躺在苜蓿地里,嗅着清香扑鼻的薄荷花,说着悄悄话儿,陶醉在甜蜜的遐想之中。

可是,这样甜甜蜜蜜的好日子刚刚开了个头,前线打起仗来,村子里的村民们开口闭口说着"德国鬼子"、"法西斯"这些从前听都没听说过的新词儿。

村子里有不少年轻小伙子,和伊斯马依尔最要好的要数拜达雷。过了不久,村里的小伙子们陆续应征入伍,伊斯马依尔和拜达雷也穿上了军装。临出发的这天,已经怀孕的赛义黛羞羞怯怯地赶来送行,可她羞得连和丈夫道别的话儿也没好意思说一句。拜达雷的妻子托托依也牵着三个小不点儿的孩子,眼泪巴巴地望着丈夫开往前线。

第二年,赛义黛生下一个儿子,她既要哺育儿子,又要照料病恹恹的婆婆,还要下地干活,这苦日子真够受的了。她盼着丈夫平安回来,盼着幸福甜蜜的日子重新降临。

这天晚上,夜空黑咕隆咚,穿山风像波涛似的呼啸着,赛义黛正搂着孩子打算睡觉,突然,她听到有人轻轻地叩了几下窗户。赛义黛顿时警觉地竖起了耳朵仔细听,一会又传来轻轻的叩窗户声音。赛义黛心中一跳,赶紧放下孩子,披上衣服,蹑手蹑脚地走到窗前,轻声问:"谁呀?"

外面传来低哑的声音:"是我……快开门!"赛义黛一听这声音,顿时惊呆了,慌忙向门口跑去。她手哆嗦着在黑暗中摸到门钩,用力拽开门,就一下子扑到门外那个男人的怀里,嘴里喃喃地喊道:"伊斯马依尔,伊斯马依尔……"

叩窗户的果然是伊斯马依尔,他一声不吭,喘着粗气,一步跨进门,一把将赛义黛紧紧搂住。

赛义黛做梦也没想到日思夜盼的幸福会突然降临,她激动得紧紧地搂住丈夫,生怕一松手,这巨大的幸福就会消失。她久久地狂吻着丈夫那冰冷的嘴唇,好一会才似乎从幸福中清醒过来,急急地问道:"你什么时候回来的? 复员了吗?"

伊斯马依尔从肩膀上拿下赛义黛的手,瓮声瓮气地说:"别嚷嚷,家里还有谁?"

"就我们,妈,还有你的儿子。"

伊斯马依尔没再说话,他走到院子里,朝四周张望了一下,然后悄悄地走到板棚前面。不一会,他手里拿着一支枪,回到屋里,把枪塞到旮旯里的柴堆最底层。看着丈夫这个举动,赛义黛心里猛然一惊,忍不住脱口问:"你是逃跑回来的?"

伊斯马依尔听妻子问这话,身子不由颤抖了一下,沉默了一会,才发狠地咕哝道:"谁都珍惜生命,要我去吃枪子我可不干,我豁出去了,哪怕在家呆一天也是好的。再说,我一个人也打不赢敌人……"

在丈夫说这番话时,赛义黛只觉得耳朵"嗡嗡"作响,似乎什么也听不进去。对丈夫开小差逃跑回来,她只感到心在阵阵发痛,刚才巨大的幸福感早已跑得无影无踪。伊斯马依尔见妻子呆呆地站着,赶紧安慰道:"你别怕,我早就想好了,明天我就躲到山里去,只要熬过冬天,山口就能通行了,到那时,我带你们一起去恰特喀尔投奔亲戚,人家那地方谁也不管谁,保险没问题的。"

事到如今,赛义黛还能说什么呢? 她深深地爱着自己的丈夫,觉得丈夫的选择也许是对的,有他呆在身边,自己就有了依靠,再也不会寂寞。她轻轻叹了口气,算是答应了丈夫的决定。

从此,伊斯马依尔便躲在山洞里,赛义黛借口上山打柴,每天拖着沉重的步子,翻过一道道陡坡,穿过蒿草丛生的荒原,艰难地走在难以辨认的羊肠小道上,把饭菜和温暖送到丈夫身边。到了没有月亮的晚上,伊斯马依尔就偷偷地跑回家来,他们挡上窗户,闩好门,为了防备万一,赛义黛还在床下挖了一个坑,上面铺了一张草席和毯子。每当这个时候,多病的婆婆就睁着一双红肿的泪眼,怜惜而又惶恐地看着他们,不住地唉声叹气。

日子一天天地过去,长期躲在山洞里的伊斯马依尔开始变得苍老,脸变成了土灰色,浮肿的脸上胡子拉碴,活像一匹吓破了胆的马。而赛义黛虽然很苦,但她却觉得很快活,对她来说,这短暂的幸福,已经是十分满足的了。

很快,多雾阴沉的冬天来了。这天一早,赛义黛一推开门,就见山上山下一片白雪茫茫,刺得睁不开眼睛。她马上想到山里挨冻的丈夫,心里一阵酸痛,她决定吃过早饭,把家里唯一的一块大毡子送上山去。

这时远处有人喊道:"赛义黛,你这么早就出来了?"

赛义黛浑身不由打了个哆嗦,抬头一看,是隔壁邻居托托依正提着两桶水迎面走来,便忍住心慌,轻轻地"嗯"了声。

托托依很瘦小,双颊下陷,嘴角堆满皱纹,她见了赛义黛,便关心地问:"你一夜没睡? 瞧你的眼睛都陷下去了。"

"不、不,我有点头疼,嗯,昨晚我、我没睡好,孩子老是哭。"

"唉……"托托依也长长地叹了口气,说,"赛义黛,咱们女人命真苦,到现在还没有他的信,我的心都要碎了……"

听托托依这么说,赛义黛眼中滚出了泪珠,她知道,从秋天起,邮递员就不再光顾他们两户人家了。托托依那三个光着脚的孩子天天依着门等着爸爸的来信,有时候还不顾一切地抓住邮递员的邮包,"呼哧呼哧"地使劲抽动着鼻子,不相信地瞟着邮包,可总是失望而归。如今,伊斯马依尔逃回来了,拜达雷音讯杳无,赛义黛觉得很内疚,忍不住安慰道:"哎,托托依,你别发愁,一切都会好起来的。"

这时,村边传来一阵马蹄声,赛义黛顿时警觉起来,这些日子,稍有风吹草动,她就提心吊胆,心里直打鼓,唯恐人家发现自己的秘密。不一会,马蹄声渐近,从马上跳下一位少了一条胳膊的小伙子,他叫梅尔,是从前线回来的,他走过来说:"赛义黛,区里来了内务部的人,要你马上去一下。"

赛义黛脸上立刻变得苍白,人不由自主地倒退一步,心"怦怦"狂跳起来。她自己也不记得是怎样来到村苏维埃的。到了村办公室门口,她两手哆嗦着推开门,见里面坐着一个穿军大衣的人,腰间挎着手枪套。赛义黛立刻觉得天旋地转,心里说:他们要抓伊斯马依尔了,我绝不能交出去!这么一想,她顿时感到浑身有了力量,竟能稳稳地站在桌子前。

内务部的特派员对赛义黛说,她的丈夫从军用卡车上开了小差,并带走了步枪和子弹。他严肃地问:"他现在躲在哪里?"

赛义黛毫不犹豫地回答:"不知道,我什么也不知道。"

"你不用瞒我了,我们反正能找到他的。你如果真的为他好,那就应该叫他出来,这样就可以从宽处理……"

"不知道,你不要再问了。"不管特派员怎么开导,赛义黛是铁了心肠。

讯问结束,赛义黛拖着沉重的脚步朝家走去,没走多远,那个叫梅尔的小伙子赶了上来,问:"赛义黛,你说了?"

赛义黛头也不回地说:"我有什么可说的?"

梅尔气得扬起了眉毛,责备道:"你的良心呢? 当逃兵是我们大家的耻辱,你明白吗? 快把伊斯马依尔交出来,让他到大家都在的地方去打仗吧。"

赛义黛脸色铁青,双手握得紧紧的,她感到梅尔说的每句话都像要从她手中夺去她不愿放弃的东西。她感到再也坚持不住了,眼看就要和盘托出一切,就在这当口,她突然发疯似的叫喊起来:"你别拿良心来刺我! 谁都珍惜生命,是人都会保护自己,伊斯马依尔和你有什么仇? 难道你想让别人回来都跟你一样缺胳膊少腿?"

梅尔被她这么一喊叫,一时间倒愣住了,但他的脸被痛苦和愤怒扭曲得怕人,眼里喷火,嘴唇咬出了血,终于他举起鞭子朝赛义黛抽去。赛义黛像中了魔一样,既不喊叫,也不躲避,任凭梅尔抽打,仿佛抽打得越重,她才感到好受似的。梅尔抽打了一阵,慢慢冷静下来,他用力将鞭子扔到房顶上,气哼哼地走了。

自从赛义黛和梅尔发生冲突后,伊斯马依尔就不再回家了。过了没几天,村里又传来一个噩耗,托托依的丈夫拜达雷阵亡了。

拜达雷阵亡通知书是梅尔拿回来的,他没告诉托托依,而是请村民们来商量怎么办,向长辈们讨主意。长辈们商量了半天,最后决定:等到秋后打下粮食,全村人开个隆重的追悼会。现在谁也不准把这不幸的事泄露给托托依。

赛义黛也参加了讨论,她心中既感到悲哀,更感到内疚,羞愧得抬不起头来。第二天她上山见到伊斯马依尔,就带着崇敬的口吻说:"拜达雷真勇敢,他第一个扑向布雷区,用身体打开通道……"

不料伊斯马依尔听到好朋友牺牲的事,竟无动于衷,只顾自己大口大口喝着粥,喝完了还贪婪地舔舔嘴唇说:"还有粥吗?"

赛义黛见丈夫对拜达雷的牺牲竟一点儿哀伤表示也没有,心里有一股说不出的滋味,她第一次轻轻埋怨了一声:"拜达雷是你的好朋友,他牺牲了,你真的无动于衷?"

伊斯马依尔的脸色阴沉沉的,长时期躲在山洞里,他变了,如今除了他自己,整个世界仿佛都不存在了。他听到赛义黛的埋怨,竟瞪起眼睛,愤愤地说:"别人跟我有什么相干,我只要弄到吃的,早日逃到外地去……"

听他说出这话,赛义黛顿时浑身冷得战栗起来。她惊愕极了,真害怕丈夫在这阴暗潮湿的山洞里再躲下去会失去理智,她忍不住低声抽泣起来。

好不容易熬过了寒冷的冬天,盼到了春天来临,这时,大地在冒热气,和煦的轻风吹来,雪开始融化了,这意味着山口即将可以通行了。赛义黛脸上出现了笑容。她想,不久她就能够和伊斯马依尔带着孩子和婆婆去投奔恰特喀尔亲戚家。到了那儿,丈夫去当农庄放牧员,自己给他当助手……赛义黛越想越高兴,几天来她经常到托托依家帮助料理家务,卖力地干着,她觉得仿佛只有这样,才能赎清自己的罪过。

这天一早,赛义黛刚想去托托依家,猛地听到隔壁传来了托托依悲痛的哭声。赛义黛不由一愣:是谁走漏了拜达雷阵亡的消息? 她赶紧扔掉水桶,直奔托托依家。

她走到隔壁,见有许多人围在那里,托托依披头散发,捶胸顿足地拼命哭叫着:"你们看呀,锁被撬了,牛被牵走了。上帝呀! 这让我们怎么活呀……"她那三个小不点的孩子,光着脚围着母亲,吓得不住声地哭喊:"妈妈,妈妈……"

赛义黛明白了,原来是小偷把托托依家唯一的一头母牛给偷走了。她心里不由得愤愤不平起来。要知道,这头即将下小犊的母牛可是这家孤儿寡母的生命支柱呀! 村里人围在那里,个个脸色阴郁,沉默不语,可他们心里都在诅咒那个该死的小偷。小偷不仅偷走了可怜的托托依的母牛,而且竟敢对全村最神圣的人家下手!

这时,梅尔从人群中走出来,他默默地瞅了一眼冻得浑身发青的孩子,弯下腰,一只手抱起一个孩子,把他们紧紧地贴在胸前,眼里含着泪水,嘴里在自言自语:"我要把你们都领回去,管你们吃,把你们养大。"

不知是谁怒吼了一声:"走,大家分头去找,一定要把那小偷抓出来!"于是,村民们怒吼着,立刻分散行动。赛义黛也跟在人们的后面,翻山沟,钻荆棘,衣服给挂破了,身上还划出不少血口子,但始终没找到牛的影子。

黄昏时分,赛义黛才拖着双腿回家。她服侍婆婆睡下,又奶好孩子,已经很晚了,她累得来不及脱衣服,就趴在床上睡着了。

到了下半夜。她被一阵轻轻的敲窗声惊醒。一听这声音,她就知道是伊斯马依尔。于是急急起来,过去开门,摸着黑把丈夫领进屋。她正打算点灯,忽然听到"啪"的一声,一个很沉的东西从伊斯马依尔手中掉下来。赛义黛心里一惊,忙蹲下身子,用手在地上摸索,摸到一包沉甸甸的东西,竟是一袋子肉。

"牛是你偷的?"赛义黛问这话时,只觉得脑袋发晕,仿佛有人重重地推了她一把,她真想不到世界上竟还有这样的人。

"嚷什么? 快点灯!"伊斯马依尔两眼在黑暗中闪了一下绿光。

赛义黛这次没有驯服地照办,她突然双膝跪着向伊斯马依尔爬过去:"你、你不能这样干,他们是孤儿寡母……"

"你啰唆什么? 我还要你来教训吗?"伊斯马依尔一把抓住赛义黛的肩膀,凶狠地骂道,"在狼群里生活,就得做只狼。人人都为自己,我干吗要管人家死活?"

这时,院子里的公鸡啼了,伊斯马依尔不敢久呆,他走到窗前听了下外面动静,用命令的口吻说:"喂,把肉藏起来,夜里把它煮熟,过些天带着路上吃。"说完,开门走了。

天渐渐地亮了,赛义黛像个木头人似的坐在那里,一动也不动。这时,有人轻轻地叹了口气,发出沉重的呻吟。赛义黛转过头,见是婆婆,不用说,夜里发生的事她都知道了。

赛义黛终于站起身,开始收拾行装。

婆婆突然小声问:"你回娘家?"

"嗯。"赛义黛点点头,她抱起儿子走了几步,又停住了。她望望怀里的孩子,又望望多病的婆婆,猛地一转身,从地上提起那袋牛肉,扛上肩,毅然地出门而去。

这次,婆婆没再吱声,她没有挽留媳妇,也没有扑倒在媳妇脚下苦苦哀求,只是当赛义黛的身影消失后,她才找出一根绳子,颤巍巍地套上了自己的脖子……

大约两小时后,赛义黛抱着孩子出现在羊肠小道上,后面跟着梅尔和警卫队的士兵。当他们爬上一个野柳丛生的陡壁时,赛义黛脸色苍白,用手一指说:"就在那里!"

梅尔带着士兵慢慢地朝那个山洞包围过去,在离山洞不远处,他直起身子喊道:"伊斯马依尔,你快出来!"

"砰"一声枪响,梅尔身躯一软,像只大口袋倒在地上。与此同时,士兵们也开了火,伊斯马依尔急促地开枪回击,一时间谁也无法靠近山洞。

就在双方僵持时,赛义黛突然抱着儿子站了起来,径直朝山洞走去。

士兵们一见,急得大喊起来:"赛义黛,快回来,他会打死你的!"

赛义黛紧闭着嘴,眼睛睁得大大的,目光坚毅而有力,此刻她感到身上有一种巨大的力量,她将儿子紧紧搂在怀里,高高地昂起头朝洞口走去。

就在这时,伊斯马依尔从山洞里冲了出来,他穿着一件褴褛的军大衣,胡子拉碴的脸痛苦地扭曲着,举起步枪,凶相毕露地朝妻子一步步逼来。

他们之间的距离越来越近,很快面对面地靠近了。伊斯马依尔再也认不出过去的赛义黛了,他突然感到妻子是那样高大无比,悲愤而威严,而自己却是那样的渺小。终于,伊斯马依尔打了一个趔趄,把枪扔在地上,举起了双手……

(张 芜 改写)

　　约卡伊·莫尔(1825—1904)，十九世纪匈牙利浪漫主义小说家。主要作品有：《爱尔蒂伊的黄金时代》、《匈牙利的土耳其世界》、《铁石心肠人的儿子们》等。约卡伊的小说具有浓厚的浪漫主义色彩。他善于选择多样的题材，故事情节的安排由松到紧、步步深入，非常贴近读者。他一生留有作品集百卷，许多作品被翻译成多种文字在国外出版。

　　《圣诞之夜》是根据他的《九个中间挑选哪一个呢?》改写的。故事虽短，但留给读者的思索却是长久的。

圣诞之夜

　　匈牙利佩斯城有个鞋匠，叫亚诺什。他手艺超群，做的鞋子穿多久也坏不了。因此亚诺什开的店铺总是顾客盈门，应接不暇。但他依然摆脱不了贫穷的困境，日子过得十分艰难。

这是为什么呢？原来，上帝每年都赐给亚诺什一个孩子，有男孩，也有女孩，而且个个无病无灾，能吃能睡！

这样的状况，一直延续到他老婆生第九个孩子不幸死去，事情才算有个结束。但亚诺什依然感到喘不过气来。每天他既要给最小的孩子喂饭，又要给不会走路的孩子穿衣，还得替另一个孩子洗脸，容不得歇歇，又得送几个大孩子去上学。让他发愁的事还多着呐，比如给孩子们做鞋，就得做九双，每次分面包，也得分九份，一到晚上铺床睡觉，那更麻烦，那床从门口一直铺到窗子下面，一眼望去，全是金发小脑袋。

亚诺什从早忙到晚，有时真恨不得上帝能将孩子收去几个。但这个愿望始终实现不了，九个孩子活泼健康，毫无死亡的迹象。

圣诞之夜，亚诺什没钱给九个孩子买九份圣诞礼物，所以他拖到很晚才回家，一进门，就数起来："一、二、三……"待人数点齐，亚诺什便说："孩子们，今天是圣诞夜，是个人人都该欢乐的时刻，今晚让我们一起欢乐吧！"

听父亲说这话，孩子们都蹦了起来，刹那间房顶差不多都让他们闹穿了。

"别吵，别吵，今天晚上，我要教你们唱一首最好听的圣歌，我将把它作为圣诞礼物送给你们。"亚诺什刚刚说完，九个孩子一拥而上，这个抱他脖子，那个搂他臂膀，还都争着要坐到他膝盖上。

亚诺什吃不消了，赶紧说："孩子们，别你推我拉的，听我的话，马上排队，小的站前面，大的站到后面去！"

不大一会儿，亚诺什就像调理教堂的管风琴似的，把孩子们的队伍整理好，两个最小的孩子就坐在他的膝盖上。

"现在，我唱一句，你们就跟着学一句，听懂了吗？"亚诺什说完，从头上摘下帽子，他神情严肃，先清清嗓子，然后开始唱起那首美妙动听的圣歌。

"噢,听呀,天使们的歌声嘹亮……"

几个大一点的孩子跟着父亲,很快就学会了,可几个小的只是放开喉咙猛吼,而且老跑调,亚诺什费了九牛二虎之力才算教会他们。最后,当九张小嘴齐声欢唱起圣歌时,亚诺什的一切烦恼都抛之九霄云外,他心里像抹了蜜似的。

当然,也有人不喜欢听到歌声!这人就是住在亚诺什家楼上的富翁,他也是亚诺什家的房东。

这个富翁孤身一人,却十分富有,他一个人住着九个房间,第一间做起居室,第二间做卧室,第三间做吸烟室,第四间做用餐室,还有几间他竟不知该如何安排才好了。今晚,富翁独坐在第八间屋里,他感到孤独冷清,烦躁不安,房间虽然十分宽敞,但他觉得胸闷得透不过气来。就在这时,楼下传来一阵阵歌声,欢快的歌声热情奔放,愈来愈响亮,等富翁听到第十遍时,终于按捺不住了,猛地站起身,按灭手中的雪茄,连衣服也来不及换,穿着睡衣下了楼。

看见富翁推开自己的家门,亚诺什大吃一惊,忙从凳子上站起来,恭恭敬敬地问:"先生,您有什么吩咐,是不是要定做一双上好的鞋子?"

"不,不!"富翁摇摇头,开门见山地问,"听说你有很多孩子是吗?"

"是的,是的,你看这一大群孩子,全靠我一个人抚养,唉,苦哇……"

富翁不容亚诺什再啰唆下去,盛气凌人地说:"你听着,我决心帮你的忙,让你早日交上好运!明白吗?我现在准备带走一个男孩,让他做我的养子,我要供他念大学,带他到国外去旅行,把他培养成绅士。当然,我也会给你一大笔钱!"

听完富翁这番话,亚诺什惊呆了,也许是喜从天降,来得太快、太突然,他一时间竟不知该如何办才好。

富翁见亚诺什久不开口,不由着急地催道:"快点挑一个给我,我这就把他领走。"

亚诺什终于慢慢缓过气来,他心中暗想:究竟挑哪一个给富翁呢?老大功课好,人聪明,长大可以当牧师,不能给;老二是个女孩,富翁不会要;老三已经能做我的帮手,出门干活少不了他,也不能给;老四长得像他妈妈,一见到他,就像见到了他妈妈,也不能给;老五是个女孩,自然排除在外;老六是他妈妈生前最疼爱的孩子,我无权把他送给陌生人……

别看亚诺什嘴里常常赌咒,要上帝收回几个孩子去,可现在真有人要带走他的孩子,他又显得依依不舍,怎么也下不了决心,亚诺什越是挑来挑去,越是发现自己的孩子个个都是那样惹人喜爱。最后,亚诺什无可奈何地对孩子们说:"孩子们,还是你们自己决定吧,谁想离开这个家,去国外旅行,去当绅士,请自动站出来!"

出乎意料的是:孩子们不但没有站出来,反而一个个往亚诺什背后躲去。他们紧紧地依偎着父亲,这个拉住他的手,那个抱住他的脚,有的攥住他的围裙不放。

见此情景,亚诺什眼睛一热,眼泪就掉下来了,他张开双臂,把孩子们全都拢在自己面前。

富翁见得不到亚诺什的孩子,只得扫兴地摊了摊手,想了一下,又取出一叠钱来,说:"鞋匠,我能理解你的心情,但今晚请你们无论如何不要再唱歌了,这是我送给孩子们的圣诞礼物。"说完,富翁丢下钱,闷闷不乐地转身上楼去了。

亚诺什捧着沉甸甸的钱,几乎怀疑自己是在做梦,他把那叠钱看了又看,最后小心翼翼地把它放进柜子里。

孩子们愁眉苦脸,一双双眼睛盯着父亲,他们因为被禁止唱歌而沮丧万分。

　　亚诺什一声不吭，独自在房间里走来走去，最后有个孩子走到他身边，小声恳求父亲再教他一遍那首美妙动听的圣歌，而亚诺什一把将他推开，怒气冲冲地说："不许再唱啦！"

　　亚诺什虎着脸坐在凳子上，拿起一双靴子拼命地敲打着。他就这样闷着头干起活来，可是干着干着，不知怎么地他自己竟轻声哼了起来："噢，听呀，天使们的歌声嘹亮……"

　　听到歌声，孩子们都围了过来，露出期盼和兴奋的神色。亚诺什吃了一惊，他先是掌了自己一嘴巴，然后生气地扔掉锤子，飞快地打开柜子，拿出那叠钱，奔到楼上，对富翁说："请您把钱收回去吧，对我和孩子们来说，唱歌是圣诞之夜最好的礼物，没有比它更宝贵了。"

　　亚诺什回到自己家里，他一个接一个吻了所有的孩子，又重新让他们排好队，自己站在中间，用浑厚深沉的声调，领着孩子们唱起歌来："噢，听呀，天使们的歌声嘹亮……"

　　亚诺什一家沉浸在幸福的海洋之中，圣诞之夜，他们成了最富有的人。而楼上那位富翁，在空荡荡的大房间里踱来踱去，他感到实在太空虚了……

　　　　　　　　　　　　　　　　（张　芜　改写）

米克沙特(1847—1910)，匈牙利一位具有独特艺术风格的小说家。他早期的创作带有浪漫主义色彩，后期转向现实主义。他的作品多方面展现当时匈牙利的社会生活，对日益衰落的封建制度和落后的社会习俗进行了深刻的揭露。

《拐杖伞寻踪》就是根据其小说《圣彼得的伞》改写的，作家善于从民间文学中获得养料，作品富有浓郁的乡土气息。

拐杖伞寻踪

故事发生在十多年前，当时的青年牧师亚诺什在格洛柯瓦村任职，和他一起生活的是他的小妹妹维伦卡，一个星期前，他们的母亲在老家去世，是乡亲们把他小妹妹送到他身边来的。

这一天，亚诺什一早就赶往城里办事，回村路上，天空突然乌云密布，一场暴雨倾盆而下，从村后山上奔泻而下的山洪，把小溪灌满了,牲畜在道上狂跑乱叫。亚诺什顿时惊慌起来:"我把维伦卡留在屋檐下晒太阳,哎呀,这下可完了!"

可是当他发狂似的跑到房门口时,眼前出现的奇景使他目瞪口呆:维伦卡的小睡床仍然留在原处,大雨直朝地面倾注,雨水已经漫到屋檐台阶下面,可是维伦卡一点也没有被淋湿,因为在睡床上面,撑着一把挺大的褪了色的满是补丁的红伞。这把伞是从哪儿来的呢? 亚诺什问遍全村,教堂的敲钟人说,下雨前,他看到一个白发犹太老人在大路上蹒跚地朝亚诺什的住宅走去,他手里正拿着这把红伞。可是一个老妇人却说,刚下雨的时候,她看得清清楚楚,天上有个红红的、圆圆的东西降下来,就在亚诺什家的上空,一定就是这把伞。于是,神奇的新闻立刻在村里传开了。

过了几天,一位村民去世,亚诺什应死者家属的请求,撑着红伞,伴随着送殡队伍朝坟坟地走去。四个男子抬着棺材走,其中一个男子的脚踢在石头上,人跌倒了,棺材被摔到地上裂开了,死者居然惊醒过来。只见他深深地吸了一口气,奇怪地问道:"我的上帝,我在什么地方呀?"随后,一骨碌竟坐了起来。在场的人都被惊呆了,于是,送殡的行列变成了凯旋的队伍,大家唱着教堂的赞美诗高高兴兴回了家。

从此,关于伞的传奇传得更远了,如果有人出殡,哪怕隔着十个村子远,也要把亚诺什请去,让他带上神伞。久而久之,这把伞便成了圣物,亚诺什不仅要带它去参加葬礼,而且还要带它去探望那些危重病人。后来,就连姑娘小伙子结婚,也要在圣伞下面握一次手,相拥着祈求圣运伴随他们一生。

这到底是怎么回事呢? 原来,在贝斯特勒策巴纳市,住着一个年轻的名叫巴勒的小个子犹太商人。这一年,他的父母相继因病去世,他的两个同父异母的哥哥和一个姐姐便对他名下的财产虎视眈眈,垂涎三尺,恨不得一口吞为己有,所以巴勒很讨厌他们。

厨娘安娜对巴勒很好,总是暗地里帮他的忙,时间一长,两人便渐渐产生了感情,终于结合而生下一个男孩,取名卓利。卓利天资聪颖,长得活泼可爱,到了上学的年龄,巴勒便专门请了一个老师,每天教卓利念书,读完小学以后,又把他送到离家很远的一个相当有名的一流学校去深造。从那以后,巴勒为了躲开几个兄姐的争夺和纠缠,就开始变卖属于自己的那份房地产,把全部产业变卖成现金,存入了银行。

一年年过去了,卓利长成了一个漂亮的小伙子,在学校里学习成绩也十分出色。而巴勒却老了,甚至走路时都得拄着一根拐杖。说起来,巴勒的这根拐杖有点与众不同,其实就是一把红颜色的旧伞,巴勒使惯了,舍不得扔掉,于是就废物利用,成了拐杖,人们戏称它为"拐杖伞"。

这年夏天,卓利放假回家,陪巴勒去划船游玩。谁知游船快要靠岸时,船头撞着小沙滩,船体顿时失去了平衡,可巧这时候坐在船边上的巴勒站起来准备上岸,船体一个摇晃,他站立不稳,跌倒在船舷边上,拐杖伞从他手中滑下,"扑通"一声掉进河里。巴勒的脸色变得苍白,眼睛里露出惊恐的神色,大声叫起来:"哎哟,我的伞呀,谁把它捞上来,我给他一百元。"一位老渔夫闻声立即跳进河里,没花多少时间就把伞捞上来了,巴勒果真给了他一百元。卓利在一边看了直摇头,不解地说:"爸爸,你这是何必呢?再买一把新的不就是了?""你不懂,你不懂!"巴勒轻轻地抚摸着这把刚从河里捞上来的旧伞,说,"孩子,不要丢弃它,这把伞将来到了你手里,无论刮风下雨你都不用发愁了。"

巴勒对自己用过的旧物倾注了这么深的感情,这在卓利看来简直难以理解。这年冬天,巴勒因车祸突然去世,临终时手里还死死捏着那把伞。巴勒一死,他的哥哥姐姐立即把安娜赶走,他们挖空心思,四处寻找巴勒的遗产,可是却怎么也找不到。于是,关于巴勒的遗产众说纷纭,谁都不知道它到哪里去了。

第二年,卓利以优异的成绩从学校毕业了,成了一名年轻的律师,有人问他:“你父亲那么有钱,他一定给你留下一大笔遗产,你难道一点也不知道吗?”卓利对此确实一无所知。他不由心里一动:是啊,这是一笔多么诱人的遗产,我何不利用现在律师工作的方便,好好查一查呢? 于是,他在办案之余跑银行,查线索,可是却毫无结果。

失望之余,这天,卓利走在街上,看到前面一个老头蹒跚独行的背影,拄着一把破伞,他立刻想起了自己的父亲,多么相像呵! 看着那把破伞在前面一颠一颠,一个念头闪电般掠过卓利的脑海:啊! 难道秘密就藏在那把旧伞里? 他想起那次在旅游船上发生的情景。父亲为什么要对自己说“这把伞将来到了你手里,无论刮风下雨你都不用发愁了”的话呢? 看起来那个伞把儿一定是空的,银行支票就藏在里面。

想到这里,卓利激动得跳了起来,现在那把伞在哪里呢? 他想方设法找到安娜,找到父亲家里以前的老仆人,遗憾的是当时谁也没有留意这个破玩艺儿,他们说:“准是跟其他杂物一起被贱卖掉了呗!”

老仆人回答得很轻巧,可卓利的心却猛地往下一沉。这些天来,为了寻找父亲的遗产,卓利已经没有了往日生活的欢乐,成天绞尽脑汁,四处奔波寻访,难道就这么罢休了么? 卓利实在不甘心。他脑子一动,又通过同行朋友的帮忙,找到了当年父亲被卖掉的物品清单,那上面清清楚楚地写着:红色旧伞一把,二元,购买者梅茨。梅茨是谁? 一打听,原来是个白发犹太人,已经因病去世。卓利好不容易找到他的太太,在她家顶楼上的破旧杂物中间翻了半个小时,可是结果却一无所获。

卓利彻底绝望了,眼看着父亲的大笔遗产没了踪影,他真是伤心透了,干什么都无精打采,生活对他来说,简直一片灰暗。

一晃，十多年过去了。世界上的事情说巧也真巧，不是有这样一句话吗："踏破铁鞋无觅处，得来全不费功夫。"这天，卓利应邀去市长家作客，同时被邀的还有城周围附近各个村的牧师和他们的家人。席间，只听一位小姐兴致勃勃地在谈论关于她们村里一把神奇的伞的传说。原来，这个小姐就是亚诺什的妹妹维伦卡，已经出落成一个亭亭玉立的大姑娘了。亚诺什公务在身，无暇抽身，维伦卡只得一人前来赴宴。

维伦卡的话自然引起了卓利的兴趣，卓利便寻根刨底地问起了那把伞的根根由由，他毫不怀疑地断定，教堂敲钟人看到的白发犹太人一定就是梅茨，而这把伞的真正主人，无疑是自己的父亲。于是第二天，他们便一同乘马车去格洛柯瓦村。一路上，两个人都兴奋异常，维伦卡为自己能为卓利提供最后的线索而高兴，而卓利则为自己最终找到了父亲的遗产而激动万分。当然，他们谁也不曾想到，就在昨天，亚诺什带着这把伞去执行公务，途中在一个首饰匠那里歇息，首饰匠见这伞的伞柄实在太破旧，便替他换了一个银把儿，随手把换下来的旧把儿扔进了炉中。

当卓利到了格洛柯瓦村，见到了亚诺什，从他口中得知这一消息时，顿时面色惨白，痛苦万分。这时维伦卡在一旁轻轻安慰着卓利，那喃言细语就像叮咚泉水，在卓利的心田流淌。看着面前这个美丽而又善良的姑娘，卓利的心颤栗了：是啊，生活中实在有比金钱更重要的东西！金钱绝不是生活的全部！

两个人热烈相拥。三个星期后，他们举行了热闹的婚礼。

（宁　森　编译）

卡雷尔·恰佩克(1890—1938),捷克剧作家、科幻文学家和童话寓言家。著有长篇小说《大战鲵鱼》和剧本《白色瘤》、《母亲》等。

《特殊的惩罚》是根据他的短篇小说《邮局谋杀案》改写的,在这则作品里,作者通过对卡塔警官处理谋杀案的描写,提出了权利与司法、善与恶、罪与罚等社会问题。

这一天,卡塔警官得到通知,说有个姑娘跳湖自杀了,让他快去看守尸体。卡塔立即赶到湖边,见姑娘的尸体已经被人拖上岸了。

卡塔一看女尸,怔住了。这姑娘他认识,是村邮局的办事员,名叫海兰卡,还不到 20 岁,长得标致,又挺和气,见人总是一脸笑。姑娘为啥会跳湖自杀？一了解，原来前天总部突然来查账，查出海兰卡管的钱柜里少了两百克朗，检查员说要把这事作为盗用公款案进行审理，海兰卡吓傻了，觉得没脸见人，当天晚上就跳了湖。

卡塔是位工作认真且富有正义感的警官，此刻他望着海兰卡被湖水泡得膨胀发紫的脸，心里像塞了一团棉纱，憋得难受，海兰卡平时那亲切的笑脸，随和的态度，不停地在他眼前晃动，怎么也抹不掉。他认识海兰卡的父亲，他是村里的磨坊主，是位知书识礼的新教徒。卡塔知道，新教徒是从来不偷东西的，海兰卡出来工作，纯粹是出于好强，说是要自己养活自己。卡塔认定海兰卡绝不会偷钱，可钱是谁偷去的呢？卡塔心情沉重地暗暗对海兰卡的尸体起誓，他一定要把这事弄个水落石出，还她清白，以慰亡魂。

处理了海兰卡的后事不久，从总部派来了一个叫菲利佩克的年轻人，来接替海兰卡的工作。这是一位精明的小伙子，卡塔为了寻找破案线索，便三天两头到邮局找他，小伙子也主动配合，卡塔趁机仔细地观察了邮局里的情况。

这是个很普通的乡村小邮局，柜台上有个小窗口，靠窗口放着一张小桌子，钱和邮票就放在小桌子的抽屉里。办事员座位后面放着个书架，上面放着邮费、电报费和各种各样的表格、账本和磅秤等等。

这天，卡塔又来到邮局，对年轻办事员说："菲利佩克先生，请你查一下，往阿根廷的布宜诺斯艾利斯发电报要多少钱？"菲利佩克不假思索地顺口答道："一个字三克朗。"卡塔又问："那么，发到香港的急电呢？"

"这我得查一查。"菲利佩克说着站了起来，转过身子到架子上去查表。就在这当儿，卡塔迅速地把手伸进窗口，毫不费力地就拉开了抽屉，连一点儿响声也没发出。

　　卡塔心里明白了：如果海兰卡在架子上找东西，别人就可以趁机从抽屉里偷走二百克朗。但钱是谁偷的呢？他想了想，向菲利佩克提出，请他查查最近几天有谁来邮局打过电报或寄过包裹。但对方为难地说，这是通信秘密，不能查。卡塔又提出请他抽空顺便看看过去的记录，看看这几天有谁寄过什么东西，而且非得海兰卡转过身子办手续。可是小伙子说，这不光是保密问题，而且也没法查。

　　卡塔一无所获，只得心情沉重地离开邮局。他边走边想：难道我对死者发的誓言不能兑现了？

　　卡塔警官不甘心就此罢休，但他整整苦思了一星期，依然一筹莫展。这天，他又来到邮局，刚踏进门，菲利佩克就笑着对他说："警官先生，我们的缘份快结束了，我就要卷铺盖走了。明天有位小姐来接替我，她是从巴尔杜比采来的。""是不是这个姑娘犯了错误，才把她弄到这破邮局来？""哪里唷，"小伙子意味深长地看着卡塔说，"是她自己申请要求调来的。"

　　卡塔觉得这事太反常了，不由说了句"奇怪"，便皱起眉头。菲利佩克见他沉思不语，就走上前，轻声说："警官先生，我也觉得奇怪，但更奇怪的是，那封告密说海兰卡偷钱的信，就是从巴尔杜比采寄出的，总部就是收到这封信后，才突然来检查的……"

　　他的话音没落，一旁的邮递员又突然插了一句："咱村的大庄园有个二管家，叫霍代克，成天给巴尔杜比采邮局的一个叫朱利叶的姑娘写信，我看要求调来的多半是他的对象。""对，对，"菲利佩克说，"正是她，朱利叶。一点不错。"

　　邮递员摇摇头说："这两个人可热络啦，差不多天天有信来往……"他拍拍一边的一只木盒子，说，"这木盒子是从布拉格退回来的，上面写着：查无此人。你们看，这个二管家谈情说爱谈昏头了，他把地址写错了。我还得给他送去。"

听了菲利佩克和邮递员说的情况,卡塔顿时眼放异彩,精神大振,忙说:"给我看看。"他接过木盒子,见盒子上的地址写的是布拉格焦街一个叫诺瓦克的人收,注明两公斤黄油。邮戳是七月十四日。卡塔马上想到这个日子海兰卡还没死,他闻了闻盒子,没有气味,他疑云顿生:这盒子在路上运来运去十来天,黄油怎么还没发臭?

他和菲利佩克一商量,便把木盒子留下,待邮递员走后,便提出打开木盒子。菲利佩克虽觉得这样做违犯纪律,但为了案子,他毫不犹豫地拿来锒头,打开了木盒子。谁知盒子一打开,哪里是什么黄油,竟是一盒子泥土!

卡塔立刻断定,海兰卡的死和寄这木盒子的霍代克有关。于是,他把盒子收藏好,便往庄园找霍代克去了。

卡塔走进庄园,见霍代克正低着头坐在一堆木头上。卡塔上前,开口就直截了当地说:"管家先生,十天前,你寄过一个木盒子,你记得你写的地址吗?邮局给搞错了。"

霍代克见警官找上门来,不由一惊,赶紧镇定一下自己,用若无其事的口吻说:"那东西不重要,错了就算了,我自己也忘了是给谁寄的了。"卡塔望望他,又问了一句:"你知道那是什么黄油吗?"

霍代克一听这话,惊得差点跳起来,脸变得煞白,但随即他又嚷嚷起来:"你这是什么意思,你为什么来找我的麻烦?"

"找麻烦?"卡塔一字一句,语气肯定地说,"管家先生,请别装糊涂了。邮局的海兰卡小姐是你谋害的!那天,你故意拿个写了假地址的木盒子叫她称。在她称木盒子时,你把手伸进窗口,从抽屉里偷了两百克朗。可这两百克朗却送了海兰卡的命!"

霍代克开始哆嗦了,嘴里喃喃说着:"你胡说,我偷两百克朗干什么?""干什么?"卡塔眼里几乎喷出火来,"你为了把你的未婚妻朱利叶调到这里来,先偷了钱,再叫你未婚妻写匿名信诬告海兰卡,是你们合谋把可怜的姑娘逼死了。你们是杀人凶手!你们犯了罪!"

霍代克这下吓瘫了。他双手捂住脸,倒在木头堆上嚎哭起来。他后悔地边哭边说了他作案过程:"我万万没想到她会自杀啊!我以为她最多是被开除……她家很富有,不在乎挣这么点钱。她完全可以回家呆着。我只不过想同朱利叶结婚,我们分居两地,要想团聚,就得有一个人退职,可我们靠一个人的工资是不够用的……所以,我就想方设法让朱利叶调到村里的邮局来。警官先生,我们已等了五年了……"他说到这儿,"扑"跪在卡塔面前,要求宽恕。

听了他的哭诉,同情之心在卡塔胸中油然升起,但一想到屈死的海兰卡,心中又很恼怒。他想了想,说:"你听着,你把两百克朗拿出来。但我得警告你,在我没把事情办妥之前,不许你去找朱利叶。否则,我就告你盗窃罪。还有,如果你要去自杀或干出别的蠢事,我就把你搞的这些见不得人的事揭露出来。记住了吗?"

离开庄园,卡塔独自坐在星空下整整想了一夜,思考着如何处理这案子。他想,如果去告发,霍代克最多被关押几个星期,因为海兰卡虽说被他所害,但他毕竟没亲手杀她。但对这对灵魂丑恶卑鄙的男女,不处罚也不行。如何处罚呢?他想了好久,终于想出了一个办法。

第二天一早,卡塔来到邮局,见柜台后面坐着一个脸色苍白的高个子姑娘。他上前招呼道:"朱利叶小姐,我要寄封挂号信。"边说边递过信。朱利叶见信封上写着:布拉格邮局经理收。她瞟了卡塔一眼,就准备贴邮票。卡塔见她不动声色,忙说:"小姐,请慢。我这封信是揭发有人偷了你前任的两百克朗的。这挂号要多少钱?""三个半克朗。"朱利叶说了一句,但她的脸已开始发白了。

卡塔付了钱，又拿出了两百克朗放在桌上，说："你把这钱随便放在什么地方，并自然地把它找出来，以证明死去的海兰卡没有偷钱，那我就不发这封信。你明白我的意思吗？"朱利叶一声不吭，两眼呆滞，人像一尊石像，站在那儿一动不动。

卡塔见她不吭声，就用警告的口吻说："再过五分钟，邮递员就要来了。怎么样？要我收回这封信吗？"朱利叶终于点了点头。

约莫过了二十分钟，邮递员奔到卡塔面前，嚷道："警官先生，海兰卡的两百克朗找到了，是那位新来的小姐无意间从一本邮汇价目表里发现的。唉，可怜的海兰卡死得太冤了！"卡塔说："你快去告诉大家，这钱找到了，让大家知道海兰卡是清白无辜的！"

卡塔终于实现了誓言，为海兰卡洗刷了耻辱，还了她的清白。接着，他又开始判处霍代克和朱利叶了。

这天，他又来到庄园，拜访了老庄园主，请他立即把霍代克调到他那最远的庄园去，如果霍代克不肯去，就把他辞退。他要求庄园主不要问为什么要这样做，庄园主见卡塔一脸严肃，猜想准是某个案子的需要，就同意了，并立即叫来了霍代克。

霍代克进来一看到卡塔，他的脸白了，人像根蜡烛直直地站着。当他听庄园主要调他去另一个庄园时，他望着卡塔，眼中露出了极度的无奈和痛苦。接着，便爬上马车，像个木头人似的坐在上面，让马拉着离开了庄园，越走越远。

邮局里的朱利叶小姐那苍白的脸更苍白了，而且添了皱纹，脾气越来越坏，见了谁都恶狠狠的……

（劳　沉　改写）

森纳那亚克,斯里兰卡作家,生于1903年。14岁时因为听了老师讲述法国作家雨果的《悲惨世界》,从此下定了从事文学创作的决心。他阅读了大量的文学作品,包括人类学和心理学著作,因此在他的作品中,创作技巧显得十分娴熟,尤其对人物内心活动的刻画,达到了炉火纯青的地步。

《奸夫》根据他的小说《两个渔夫》改编而成,故事情节虽然并不复杂,但是人物刻画以及出乎意料的结尾,给人留下深刻印象。

奸夫

萨伊曼和道玛斯是一对好朋友,他俩同住一个渔村,平时一块出海打鱼。萨伊曼是个地道的渔民,小鼻子,尖脸长须,虽说长相并不怎么样,但他却有一个年轻漂亮的老婆罗萨;道玛斯还年轻,至今仍是光棍一条。

这天,他俩刚刚出海归来,萨伊曼提着一只大篮子,两人有说有笑。到了萨伊曼的家,萨伊曼将大篮子放在地上,走进里屋,没见到妻子罗萨,不由高叫了一声:"罗萨!""哎。"一个女人应声从灶间跑出来,她身材苗条,皮肤白皙,高鼻梁,两只大眼睛水汪汪的十分招人喜爱,她见是丈夫回来了,高兴地迎了上去。

"罗萨,"萨伊曼满脸堆笑地对妻子说,"看我给你捎来什么好礼物啦!""啥礼物?"萨伊曼从腰间掏出一个小三角形盒子,罗萨接过打开一看,竟是一条金光闪闪的项链!她不禁高兴地跳了起来,在萨伊曼的脸上重重地亲了一下。萨伊曼小心地从盒子里取出项链,把它戴在了妻子那柔软丰润的脖颈上,然后退后一步,转过身对道玛斯说:"道玛斯,你看我的罗萨多漂亮呀!"

道玛斯接口道:"嗯,真像个皇后。"

罗萨被他说得不好意思地低下了头,萨伊曼对着妻子左看右看,突然说:"罗萨,等下一次出海回来,我一定给你买一副手镯,好和这条项链相配。"罗萨忙说:"不,不用了,我已经有手镯了。""什么?"萨伊曼惊异极了,"你什么时候买好了手镯?我怎么一点也不知道呢?""你等一下,我这就拿给你看。"罗萨转身返回屋里。

不一会,她拿出一个黑色的木盒,萨伊曼接过打开一看,果然是一副雕花手镯,正好和这串项链相配。罗萨见丈夫满脸诧异的表情,忙甜甜地解释说:"这是我一个月以前买的,我从你给我的零花钱中好不容易攒下这二十卢比。我没把这件事告诉你,你不生气吧?"萨伊曼将手镯套在罗萨的手腕上,高兴地说:"有你这样勤俭的老婆,我高兴都来不及呢,哪会生气。"

罗萨又和道玛斯聊了几句,便进屋为他们做饭去了。

萨伊曼和道玛斯坐在屋前抽烟闲聊,"你真有福气,有这么一个好女人给你做老婆。"道玛斯夸道,萨伊曼"嘿嘿"地笑了。

因为替罗萨买金项链花了不少钱,一天,萨伊曼和道玛斯商量,打算再出一次远海,这样可以捕到更多的鱼。道玛斯没有吭声,因为这几个月海上一直不太平,出远海怕有风险,但他最终还是答应了下来。

出海的这一天,早晨天气非常好,蔚蓝色的大海就像一个巨大的蓝宝石,在初升的太阳光下熠熠发光,萨伊曼和道玛斯扯足风帆向大海深处驰去。但是时过中午,西边天际突然涌起了大块大块铅状色的乌云,乌云互相撕扯着、翻滚着向这边铺天盖地地压了过来,不一会天色骤然暗了,大海变得烦躁不安,小船也开始剧烈地摇晃。萨伊曼是一个经验丰富的渔民,他扯着喉咙对道玛斯说:"暴风雨就要下来了,快落帆,落帆!"他的喊声在"呜呜"的狂风中就像蚊子叫声一般。道玛斯年轻力壮,很快放下了帆,但是无情的大风已把小船打得横了过来,"稳住,稳住!"萨伊曼全力吼着,努力想将船头正对一层层从海底涌起的海浪。这时,暴雨倾盆而下,风助雨威,小船在发狂般的浪尖上起伏。一个排浪从半空中砸向小船,小船被砸到了浪谷,然后随着海浪的涌起,小船又顽强地出现在浪尖。又一个更狂更猛的排浪砸了下来,小船顷刻便砸成了碎片。萨伊曼和道玛斯同时被抛进了大海。

大海整整狂怒了一个多小时,云散风敛,海面上竟出现了出奇的平静,萨伊曼和道玛斯大难不死,他俩抓着一块船板才得以九死一生。然而此刻四周茫茫一片,他俩不知道海岸在哪个方向,更不知道离海岸有多远,他们此刻唯一的希望就是能碰上一条过路的船只。但在这个季节,谁会驾船到这个地方来呢?

他俩已经在大海中漂泊了整整三天三夜,口干舌燥,饥肠辘辘,两只抓着船板的手,每根指头都抓出了血,伤口又被海水浸泡得发白,胳膊更是酸疼难忍。在白天烈日毫无遮掩的暴晒下,裸露在水面上的身子全都爆开了皮,而水下的两腿也早已失去了知觉。

"道玛斯，"萨伊曼叫道，"我不行了，我坚持不下去了。"道玛斯抬起头道："萨伊曼，这么长时间我们都熬过来了，再坚持一下，兴许命不该我们死哩。""不，道玛斯，还是你咬牙坚持吧，我实在不行了，我要撒手了，道玛斯。"萨伊曼的语气中充满了悲哀，"如果你能够活下去的话，告诉我的罗萨，我至死都爱着她。"道玛斯像是一点都没听见似的。萨伊曼又说："还有，你一定要照顾好罗萨，你要向我发誓，照顾好她，否则我死了也不会瞑目的。"道玛斯仍然没有回答。萨伊曼语气越来越弱："道玛斯，你知道吗，罗萨已经有孩子了，等孩子生下来，给孩子取上我的名字。道玛斯，我的朋友，我撒手了，永别了。"

"萨伊曼！"一直保持沉默的道玛斯突然开口道，"在你死之前，我不想再瞒你了，有一件事我必须告诉你。"

"什么事？"

"你的罗萨和人私通！"

"什么？你说什么！"萨伊曼突然像被打了一针强心剂似的叫了起来。"罗萨早就和一个人暗中勾搭，你这个傻瓜还蒙在鼓里，还以为她是多么多么的贞洁。你知道吗，她那副手镯就是她的奸夫买给她的！"

"道玛斯，"萨伊曼此刻愤怒极了，"你说的是真的吗？"

"我快要葬身鱼腹了，还要骗你干什么。""那你快告诉我，那个奸夫是谁？是谁！"

但是道玛斯只是摇头，不再说话了。

萨伊曼咬着牙对道玛斯说："我不撒手了，我要活着回去，我要亲手揍她，让她说出奸夫是谁，然后……"他因激动而剧烈咳嗽起来。他仰望天空，祈祷道："耶稣，我的主啊，保佑保佑我吧，哪怕只给我活到岸上一个小时，让我杀了那个奸夫，一个小时就够了，主啊。"

天又黑了下来，萨伊曼两手紧紧地抓着船板，全然忘却了手指裂开的剧痛,嘴里不停地追问道玛斯,让他说出奸夫的名字。但道玛斯还是守口如瓶,一字不吐。

黎明时分,终于有一艘路过的商船发现了他们,并很快把他们救了上来。中午,他们被送到了岸上科伦坡的中心医院,当时他俩已是气息奄奄了。医生们全力抢救,因为萨伊曼活的愿望十分强烈,经过几小时的抢救,神志渐渐有点恢复了,然而道玛斯的病情却很严重,打针灌药都已无济于事,生命垂危。

深夜,病人们都熟睡了。萨伊曼挣扎着下了病床,扶着床沿蹭到道玛斯的病床前,凑着昏暗的灯光,他见到原本高大英俊的好友道玛斯已经是面色蜡黄,没有一点血色。他俯下身,呼唤着道玛斯。道玛斯在昏迷中苏醒过来。萨伊曼见他醒了,忙说:"道玛斯,我的好朋友,请你告诉我那个奸夫是谁,求求你快告诉我。"

道玛斯无神的眼睛盯着萨伊曼的脸,足足有几分钟,然后艰难地说道:"萨伊曼,那个奸夫就是我,那副手镯也是我替她买下的。"

萨伊曼大吃一惊:"这不可能,如果是你,你为什么要告诉我?"

道玛斯的脸上露出了一丝苦笑:"如果我不告诉你,你早就不在人世了。"道玛斯话刚说完,头无力地侧向了一边,他死了。

"道玛斯,我的好朋友。"萨伊曼哭了,泪水无声地滴落在道玛斯那张毫无血色的面颊上……

(冯 源 改写)

　　星新一(1926—1997)，日本现代小说家。以微型小说著名。自1957年发表第一篇小说，到1983年，他发表的作品已逾千篇，堪称世界纪录创造者。星新一的小说构思精巧，想象丰富，故事性强，结尾往往出人意料，深得读者的喜欢。在日本，被称之为"人生必读书"。

　　《不幸的男人》是从星新一千姿百态的小说中挑选出来的。

不幸的男人

　　波野是个不幸的男人，今年已40出头了，依然是两手空空，一事无成。由于生意破产，他欠下了一大笔债，为此妻子离他而去，债主们成了他家的常客。波野真正是陷入了内外交困、走投无路的窘境。

　　这天傍晚，波野躺在家中的破床上，正绞尽脑汁想着如何摆脱困境的办法,这时,门外传来脚步声,不用说,又是来讨债的!波野愁得双手抱住脑袋,不敢吱声。

那人毫不客气地走进房来,随手关上了门。波野硬着头皮站起来,看了看来人,显然是个陌生人,不由问道:"您是谁,找我有什么事?"

那人"啪"地打开手中的皮包,转眼间像变戏法似的从包里掏出一支手枪来,恶狠狠地命令道:"转过身去,要是胆敢叫出声来,我就一枪崩了你!"

原来,此人是个强盗,刚才持枪在附近一家小邮局抢了一大笔钱,就在他离开的时候,有人斗胆拉响了警报器,闻讯赶来的警察很快在四周布下警戒网,强盗见无法脱身,就直接窜进了波野的家。

波野见强盗上门,心里反而平静下来,他嘻嘻一乐,竟主动上去解释道:"先生,您一定是跑错人家了吧,我是这里最穷的一户人家,您……"波野啰啰唆唆的话惹怒了强盗,只见他举起枪柄,狠狠地朝波野头上砸去,波野低沉地呻吟了一声,便失去了知觉。

强盗收起枪,把波野的衣服剥下来,穿到自己身上,然后把波野软绵绵的身体塞进了壁橱里。做完这一切,强盗才松了口气,他刚想抽支烟,外面突然响起敲门声,强盗不禁大惊失色,他以为是警察前来搜查,正想有所动作,这时外面有人客气地喊:"波野先生,我是酒店派来收款的。"

强盗听了这话,才稍稍放心一点,他觉得此刻装聋作哑反而会露出破绽,于是索性大着胆子开了门,又尽量把身体藏在暗处,学着波野的腔调,故作轻松地问:"是多少钱呀?"

收款的店员见对方欠了账还装糊涂,心中有些不悦,便很快地说出了钱的数目。

强盗为了尽早把店员打发走,便从刚抢到手的现款中抽出三张大票子,递了过去。他心里还在自我安慰,这钱就算是藏身之处的租借费吧。

店员这次讨债出奇的顺利,他心里自然十分高兴,只是在接钱的时候,有些奇怪地问:"波野先生,您说话声音怎么有些变了?"

强盗反应极快,忙掩饰道:"噢,这几天我感冒了,喉咙痛得厉害。"

店员讨好地一鞠躬:"你要保重身体,今后还请多多关照。"

看着店员欢天喜地地离去,强盗不由自主地抹了一下额角的汗珠,他刚关上门,外面又有人在问:"波野先生在屋里吗?"

强盗有了刚才的经验,不再惊慌失措了,他若无其事地开了门,问道:"什么事?"

门外是个体魄健壮的男子,看得出他没见过波野,所以一见面就拿出了自己的名片。

强盗见名片上印着一家信托公司的名字,一时摸不透对方上门来的真正意图。

那男子见他不吭声,口气一下子变得强硬起来:"波野先生,前些日子您亲口答应过我们经理,今天一定还钱的。你要是再装糊涂,我可要把您带到公司去!"

强盗这才弄明白,自己又碰上了讨债的,心里尽管不愿意,但终究不敢得罪面前这位经验丰富的讨债老手,他更怕被人拉到公司去暴露了身分。因此忙硬挤出一副笑容,说:"我还,我还⋯⋯"

那男子这才把声音放柔和了些,并迅速递上一张借据。

强盗飞快地朝金额栏瞟了一眼,这一瞟,他不禁大惊失色,几乎吓破了胆。原来波野向这家公司借的是一笔巨款,强盗自己都吃不准了,刚才抢来的那笔钱用于还债不知够不够?强盗恼火了,他想掏枪,可一摸口袋,才发现刚才换衣服时忘了把枪拿出来,要想徒手和对方格斗,强盗又恐自己不是对手。

那男子是个职业讨债老手,对方的神情变化都看在眼里,他立即严厉地警告道:"波野先生,您别再耍花招了,如果要当场较量的话,您十有八九是会吃亏的。"

强盗无计可施,只得像剜心头肉似的打开皮包,一张一张地数着钞票,把抢来的那些钱全都交给了对方。

讨债人走了,强盗气得差点吐血,冒着性命危险抢来的钞票,居然全替人还了债,这事要传出去,岂不让人笑掉牙?强盗坐不住了,他怕再有债主上门来找穷得叮当响的波野,决定尽快离开这个倒霉的地方。

强盗开了门,前脚刚刚迈出门槛,便被两位目光锐利、咄咄逼人的男子拦住了。"啊,又是讨债的!"强盗两眼一黑,差点昏过去。

两个大汉一左一右架住了强盗,像拎一只小鸡似的把他拉进屋内,"砰"地一声关了门。其中一位开口问道:"您就是波野先生?"强盗吓得筛糠似的颤抖起来,他机械地点点头。

"有一件案子,您可是重要的证人。"

一听这话,强盗猛然醒悟过来,他们是前来搜查的便衣刑警。一种求生的本能,使他竭力镇静下来,因为不知道对方说的是什么案子,所以他只是装出一副愿意合作的样子,含糊地说:"是,是,我一定大力协助,实事求是地提供证词。"

"您真的愿意和警方合作?"对方又不相信地问了一句。

"当然,我一定随叫随到,把我知道的一切都告诉你们。"此刻,强盗只想早点将便衣警察打发走,因此说出话来,口气十分坚决。

不料,那两个大汉听了却面面相觑,好久,他们才互相对望了一下,四只眼睛顿时露出凶光,其中一个恶狠狠地说:"这么说,我们的走私情况,您都知道得一清二楚,而且您还十分愿意和警方合作？这样看来，我们只好请您永远睡觉了。"

　　强盗闻言吓得魂飞魄散，他做梦都没想到马屁拍在马脚上，对方不是警察，而是走私集团派来堵波野嘴的杀手。眼见自己性命难保，强盗拼命挣扎起身子，嘴里还不住地辩解道："我不是波野，你们弄错人了，我也根本不知道什么走私案子，救命啊……"

　　可是已经来不及了，那两个大汉拿出事先准备好的带有麻醉剂的一团布，塞进了强盗的嘴，接着他们把强盗拖到外面，装进了一辆车里。

　　轿车驶上大街，才开了没多久，就陷入了警察布置的包围圈，这些警察就是奉命前来搜捕那个邮局抢劫犯的。这又是一桩十分巧合的事情，那两个大汉开着车，把强盗和他们自己一齐送进了警察局。

　　到了天快亮的时候，躺在壁橱里的波野才慢慢苏醒过来，他根本不知道外面发生的带有戏剧性的事情，瞧着自己仅有的几件衣服也被人剥去了，不由连连哀叹："唉，我真是一个不幸的男人……"

（张　芜　改写）

　　森村诚一,日本推理小说作家,生于1933年。森村诚一的推理小说并不单纯追求曲折离奇的情节,而是通过一件案子的侦破,来反映、剖析社会现实,描写人们由此造成的心灵创伤。

敦厚的诈骗犯

　　野村晋吉夫妇,在东京闹市区开了一爿"野村理发店",夫妇俩起早摸黑,拼命干活,好不容易才积攒下26万日元。

　　这天一早,晋吉刚打开门,就见从外面进来一位男顾客,只见他五十多岁年纪,脸色较黑,长相难看。他对晋吉的热情招呼不理不睬,一声不吭地走到镜子前坐下,然后打了个哈欠,就闭上了眼睛。

　　晋吉平时有个习惯,喜欢推测顾客的职业,而且猜得很准,可今天,晋吉左瞧右瞧,怎么也判断不出这顾客到底是干什么的。越是猜不出,他越是想知道,于是一边推着剪子,一边主动和那男子搭起话来:"今天天气真热啊。"

"唔。"

"平时没见过您,是住在附近一带吗?"

"唔。"

"不知先生是做什么工作的?"

"唔……"

晋吉问了半天,可那顾客只是似睡非睡地打着哈哈。

待洗过头,晋吉将热气腾腾的毛巾从那顾客脸上取下,打算修面刮胡子。那男子闭着眼睛,漫不经心地问道:"你的名字叫野村晋吉吧?"

晋吉见对方终于开口了,心里一阵高兴,忙讨好地说:"是啊,您是看到门口那块招牌了吧?"

那男子慢慢睁开眼睛,从上到下打量了晋吉一会,才慢条斯理地说:"不,你的事情,我早就知道了。"

"哦,我可不认识您呀?"

那男子咧开嘴笑了笑,像是拉家常似的说:"三个月前,你驾驶一辆汽车,曾经撞倒过一个从幼儿园回家的小女孩……"

没等对方说完,晋吉的脸"刷"地一下子失去了血色,拿剃刀的手停在半空中不会动了。

那男子对晋吉失神落魄的神态毫不理会,反而显得更随意地说:"那小女孩已经死了,警察至今找不到肇事者,可我却亲眼目睹了,并且只有我一个人在场。"

晋吉的大脑膨胀得快要爆炸了,剃刀机械地在那男子的面颊上刮着,发出"喳喳喳"的声响。可那男子却显得特别镇定,又轻轻地问:"你那辆肇事的车一定卖掉了吧?"

晋吉再也受不了了,他停住手,用一种拼一死活的腔调反问道:"先生,你是来我这儿敲诈的吗?"

那男子笑得更甜了："你说这话多不够朋友，我可一直替你保守着秘密啊！"说完，便闭上眼睛，再不作声了。

晋吉竭力让自己镇定下来，他心里想，出事至今已经三个月，警察没来找自己，可见这男子确实没去报案。看来，他今天找上门来，只是想诈几个钱。这么一想，晋吉倒稍稍放下心来。

理完发，那男子站起身，照照镜子，又用手按按头发，显得十分满意地说："好，手艺不错，刚才我还真担心，怕你一刀把我宰了！"

听他说出这话，晋吉心里动了一下，瞧了瞧工具桌上那把锃亮的剃刀，又赶紧扭过脸。

那男子装腔作势地拍了拍口袋，问："多少钱？"

"四、四百元。"

"不贵，不贵！"那男子从口袋里拿出一张纸片，在上面写上"暂借四百元"几个字，然后递到晋吉手里，说："这是借据，到时我一并还给你。"他见晋吉呆怔怔地没吭声，又补充道，"以后我要经常来麻烦你，所以预先把借据印好了。"

晋吉双眼死死盯着借据下面的签名"五十岚浩三郎"，脸色由白变青，心里在想：这家伙既然印好了借据，可见他存心要无休止地来敲诈勒索，数目也会越来越大，今天是四百，下次会更多，长期下去，这可是个无底窟窿啊……

打这天起，晋吉便惶惶不可终日，白天干活心不在焉，天天晚上一闭眼就做噩梦，梦见自己家里的东西全被掠夺光了，一家三口成了沿街乞讨的乞丐。

晋吉神态反常，被他妻子看出来了，妻子关心地问："你怎么啦，是身体不舒服？快去请个医生给看看吧。"晋吉一听，吓得又是摆手又是摇头。因为他撞死孩子的事一直瞒着妻子，他知道作为一个母亲，是无法接受这个残酷的事实的。

到了第五天早上，店门一打开，晋吉就听到妻子在外面甜甜地招呼客人："欢迎,请!"晋吉转身一瞧,不由倒抽一口冷气,只见那个叫五十岚浩三郎的人一摇二摆地迈进店堂。晋吉怕对方向妻子道出真情,忙强打起精神迎了上去："我来,我来。"

五十岚浩三郎像见到老朋友似的开口说道："我很欣赏你的手艺,今天想麻烦你替我修修面。"

晋吉只得无可奈何地让五十岚浩三郎平躺在椅子上,取过一块热毛巾敷在他的脸上。就在这时,晋吉脑海里忽然闪过一个念头:如果像现在这样,隔着毛巾狠命地往下按的话,就可以把他闷死。晋吉这么一想,禁不住手下稍稍用了点力,但很快他又胆怯地松了手,动作缓慢地掀开毛巾。

修完面,五十岚浩三郎和上次一样,取出那张纸片,问:"多少钱?"

"二百元。"

"不贵,不贵!"他很快地在纸片上写了几笔。

晋吉接过纸片一看,脸顿时红了,只见上面写着:暂借五千二百元。

晋吉气得"呼呼"直喘粗气,可五十岚浩三郎却只当没看见,凑着他的耳朵轻轻地说了一句:"我在对面那家咖啡店里等你。"说完,大摇大摆地走了出去。

"他妈的,你这个混蛋!"晋吉忍不住骂出声来,把他妻子吓了一大跳:"你这是怎么啦?""没什么,没什么。"晋吉赶紧掩饰道,"我头有些昏,出去转转。"说完,趿着鞋跟了出去。

在咖啡店里,五十岚浩三郎开门见山地说:"这家咖啡店很清静,今后就作为我们的联络点吧。"

晋吉一听,急得双脚直跳:"怎么,你还没完啊?"

"别激动嘛,当着你夫人的面,问你要钱可不太体面吧。钱你带来没有?"

晋吉从口袋里摸出五千元钞票,愤愤地说道:"你到底要多少钱？开个总价吧。"

五十岚浩三郎微微一笑，把钱藏进衣服里面的口袋，说："你说到哪里去了，我只不过是向你借钱嘛，喏，上次是四百，这次是五千二百，一共是五千六百元，我这账没记错吧。"

晋吉狠狠瞪了对方一眼："哼，你根本就没打算还。我可是小本经营，一天挣不了多少钱……"

"别哭穷嘛。"五十岚浩三郎打断他的话头，笑嘻嘻地扳着指头开导道，"你虽然破了点小财，可毕竟保住了秘密，你可是占了大便宜。"

晋吉苦着脸，辩解道："这也不能全怪我，是那孩子突然冲过来，我刹了车，我不是故意的。"

"可如果我说你是超速开车呢，只要我死咬住这一点，你就得判刑坐牢。你不为你自己想，也得为你的家庭想想啊！"

晋吉被震醒了，头无力地耷拉下来。

又过了五天，五十岚浩三郎又一摇二摆地走进晋吉的理发店，他修完面，又填了一张一万零二百元的借据。这下晋吉受不了了，要是照这样的速度发展下去，不出一个月，自己连老婆孩子都得卖掉啊。他想：与其坐以待毙，不如拼个鱼死网破！于是，他找到一家私人侦探社，请他们迅速摸清五十岚浩三郎到底是个什么货色。他想，如果能抓住这家伙一点把柄，也许还有起死回生的路走。

侦探社的报告迟迟没有送来，可五十岚浩三郎的借据已经开到了二万二百元。

就在晋吉急得像热锅上的蚂蚁——团团转的时候，侦探社的人找上门来了。那侦探打开皮包，取出薄薄的一叠调查报告，介绍说：五十岚浩三郎今年53岁，是个电影演员，由于他长相不好，因此扮演的角色多半是刻薄的高利贷者，或者是诈骗犯。又由于他演技平平，因此现在很少有导演相中他。他的家庭状况也十分糟糕,妻子没有工作,一个刚上大学的儿子没钱交学费,总之他家很穷很穷。

晋吉听着听着,几乎要昏厥过去。他认定,如此贫困的家庭,对钱肯定是来者不拒,多多益善的,看来这个五十岚浩三郎真是把自己当作摇钱树了。晋吉不甘心地追问起五十岚浩三郎有无作案的前科,那侦探一个劲地摇头,他说他调查过许多人,大家都说五十岚浩三郎是个天生的老好人,从不做坏事。晋吉一听,心里觉得很懊伤:什么把柄也没抓到,反而又花去了一万元调查费。

又过了五天,正是五十岚浩三郎上门的日子,晋吉提心吊胆地等待着那个催命鬼的到来,可是奇怪,从开门一直到关门,始终没见到五十岚浩三郎的影子。晋吉松了口气,喝了口茶,坐到椅子上翻开了报纸。谁知才看了一下标题,就禁不住失声叫道:"啊呀!"

原来,报上登着五十岚浩三郎的照片,标题是头号黑体字:援救孤儿,老人负伤。报道写着:一个幼儿横穿马路,正遇上一辆轿车飞驶而来,五十岚浩三郎为救孩童,奋不顾身冲向汽车,孩童得救了,老人脚部却受了伤……看着看着,晋吉糊涂了,他怎么也无法把一个阴险的诈骗犯和一个奋不顾身救孩童的老人联系在一起。不过他心里还是在暗暗地祈祷,希望五十岚浩三郎能从此改邪归正,这样自己也可以过上太平日子。

然而到了第三天下午,那个五十岚浩三郎瘸着脚又出现在晋吉面前,修完面,他又开出一张二万二百元的借据递到晋吉的手里。晋吉被弄得走投无路了,他既没勇气去警察局自首,又没胆量抗拒五十岚浩三郎的敲诈。考虑了几个晚上,他决定还是三十六计走为上策。

晋吉找出许多理由,做通了妻子的工作,一家三口搬到了东京郊外,重新开了一爿理发店。哪想到太平日子过了没几天,五十岚浩三郎那张苍黑发肿的脸又出现了,他一进门就直嚷嚷:

"干吗搬家也不打个招呼？让我找得好苦啊。"

晋吉默默无语地盯着这魔鬼似的仇人，嘴唇禁不住微微颤抖着。

五十岚浩三郎只当没看见，毫不在意地在一张椅子上坐定，口气悠闲自得地说："给我修一下面吧。"

晋吉浑身像散了架，可五十岚浩三郎却笑容可掬，喋喋不休地说着："瞧你的脸色，那么难看，对顾客应该要笑一笑嘛。噢，我知道了，今天是那个女孩子的忌日，几个月前的今天，你开车撞死了她，怪不得你笑不起来……哟，你的剃刀可别乱动啊……"

晋吉的脸色越来越僵硬，他突然觉得周围的一切声响都听不见了，眼前只见到五十岚浩三郎的嘴在一张一合地动着，活像一只丑恶无比的软体动物，他猛地举起了手中锃亮的剃刀……

就听得"啊……"一声惨叫，晋吉眼前一片鲜红。也正是这声惨叫，使晋吉回到了现实中来，他定神一瞧，自己手里的剃刀已深深刺进了五十岚浩三郎的咽喉，殷红的鲜血朝外喷着。

"喔……"五十岚浩三郎拼命地晃动着脑袋，挣扎着发出低低的声音，"就说我……我自己身体动……动……"

五十岚浩三郎断断续续没说完，就死了。野村晋吉也被作为杀人嫌疑犯逮捕了，经过几次审讯，因为警察找不到杀人动机，这件事最后变成：在修面时，业主和顾客配合不当，出现了业务上的严重过失。因此法院最终对晋吉的判决是有期徒刑一年，缓刑三年执行。

晋吉对如此轻的判决很是意外，他更弄不清的是：五十岚浩三郎这个诈骗犯，为何在奄奄一息时要提醒自己注意有利的证词？

不久，晋吉一家又搬回了东京。有一天，一个身穿和服的妇女找上门来，自我介绍道："我叫五十岚清子，我在整理丈夫的遗物时,看到有封写给您的信,就给您送来了。"五十岚清子把一只厚厚的信封递给晋吉后,便告辞了。

晋吉看了看信封,上面果真写着:给野村晋吉的遗书。一种迫切希望了解事实真相的心情,使他飞快地拆开了信封。

只见信上这样写道:

你什么时候杀死我,我不知道,所以先写下这封遗书。

这一生,我除了演戏,什么都不会,如今导演们都不要我,我只有死路一条了。

对死我毫不惧怕,可我那妻子和上学的儿子他们太穷了,我总得想法子给他们聚些钱。

很幸运,我加入了人寿保险,保险金是五百万,要是有了这笔钱,他们也就可以活下去了。但我要是自杀,这笔保险金就无效了。在这个时候,我恰巧目睹了你的交通事故,于是我想到了利用你,把你逼得走投无路,你也许会杀死我。底下发生的事,你都知道了……

我想过不了多久,你也许要动刀了。我十分高兴,因为如果这样的话,我就能因此而给妻子和儿子留下五百万元。

同样,在我生命的最后时刻,我毕竟做出了卓越的表演,我对自己的演技表示满意。

最后请你再次原谅我,我把从你处敲诈的钱如数附上,计七万六千二百元(其中理发、修面费一千二百元)。

(张 芜 改写)

赤川次郎，日本通俗文学新星，生于 1948 年。他的侦破小说，人物生动，情节曲折，悬念迭起，结局往往出人意外。其作品不仅受到日本读者的欢迎，而且被译成多种文字走向世界。

《阳台上的冻尸》根据其中篇小说《结冻的太阳》改写。虽是命案，但毫无血腥气，作品赞颂高尚美好的人性，甚为难得。

阳台上的冻尸

这年夏天，东京警视厅警长宇野难得获得休养的机会，这天，他身着泳裤，斜倚在伊豆海滨旅店二楼阳台的躺椅上，一边享受着日光的沐浴，一边俯视南伊豆海的绮丽风光，心情好极了。

突然"嗤"的一声，一股急流喷得他满脸是水，接着传来孩子们欢快的笑声，宇野抹去脸上的水一看，见是三个小调皮在玩水枪。他们的母亲急急走来，一面阻止，一面连连向宇野赔礼道歉。

这位女人名叫竹中绫子,生得身材苗条,举止素雅文静,是位典型的日本美人。在母亲的催促下,打水枪的9岁的长子一郎勉强说了声:"叔叔,对不起。"但马上受到他8岁的妹妹的批评:"真笨!应该叫大哥哥,你说他年轻,叔叔一高兴就忘了生气了。"可她话音未落,6岁的妹妹插嘴道:"姐姐也是笨蛋!这种话能当着叔叔的面说吗?"

面对如此天真聪明的孩子,宇野只是呵呵地笑,又兴致勃勃地与绫子太太交谈起来。从交谈中,宇野了解到绫子的丈夫在国外经商,不久将到这儿来和家人团聚。正聊着,宇野突然发现绫子脸色苍白,惊慌地盯住出入阳台的玻璃门。宇野往那一看,见那儿有个留着小平头、戴着太阳镜、身穿夏威夷衫的中年男子。绫子对宇野说了声:"对不起,我要去照看孩子了。"便逃也似的走了。

午餐时,宇野正好和绫子母子坐在一张桌上。他发现绫子有点心神不定,看着菜单嘟哝道:"尽是冷冻食品,都吃腻了。"她身旁的长子一郎听了问道:"妈妈,什么是冷冻食品?"绫子说:"就是把食品放在冷库冻起来。饭店的地下室有个很大的冷库。吃的时候一加热,食品就变成原来样子了。"

吃好午饭,宇野告别了绫子,刚回到自己房里,忽听有人叫他,扭头一看,是位五十多岁、身材矮小的白发男子。他认出此人叫辰见,原来是个有名的扒手,几年前曾栽在宇野手里过,宇野竭力帮他重新做人,所以辰见把宇野看成是他的再生恩人。

辰见神秘地问宇野:"是来追踪敲诈者的?"说着,用下巴朝酒柜前那个穿夏威夷衫的男子一指。宇野问:"你认识他?"辰见说:"不错。他叫色沼,是个无赖,害过不少人。"

听了辰见的话,宇野立即想起上午的一幕,绫子肯定是色沼的敲诈对象。宇野顿时对这位弱女子充满了同情,于是他叫辰见去摸一下色沼的底,辰见一口答应。

三个小时后,辰见来见宇野,说他找到色沼,向他提出敲诈那个女人他也要参加一份,开始色沼不肯,但经不住辰见的威胁,才不得不答应。辰见说:"那个女人今夜12点在海边大礁石背后付钱,我也去。"宇野一听笑道:"我去吓他一吓。"辰见也笑了:"你去准把这小子吓个屁滚尿流……"

到了夜里11点50分,宇野赶到海边约会地点。他见辰见已等在那儿,色沼还没来,便忙躲到暗处等待。离12点差一分,有个女人来了,但不是绫子,而是一位名叫织田的女士。这位老太太是日本研究英国古典文学的权威,在文学界声名显赫,辰见与她寒暄了几句,织田就独自往前走去。

到了12点一刻,还不见色沼来,宇野和辰见商量,决定到他住处去看看。他们来到色沼房前,见门紧关着,敲门,里面没有动静。宇野当即果断地吩咐辰见:"快,把门打开!"辰见从衬衣袖口上解下一枚代替纽扣的别针,放直了去拨锁。不消半分钟,只听"咔达"一声,锁开了。

两人进入房间,见里面点着灯,房间宽敞,陈设豪华,落地玻璃门外有个小阳台,色沼穿着睡袍正坐在阳台的椅子上,但姿势有点不自然。宇野走过去轻轻推推他,又抓住他的手腕把脉后,对辰见说:"已经不需要吓唬他了……"

凭经验宇野判断,色沼是中剧毒而死。谁作的案?他立即想到一个女人,但他决定保护她,因为一旦某些隐私暴露,她就完了。于是,宇野在通知当地警方前,除了叫辰见离开现场,而且准备了谎话,说色沼的香烟忘在酒吧,他是来送他的烟才来的,来时他见门开着,进去便发现了阳台上已死的色沼。宇野还把桌上的半瓶酒偷偷拿回自己房间。

来现场的刑警名叫浅草,生得矮胖粗鲁。开始他一本正经地询问宇野,当得知宇野身分后,马上恭敬起来:"警长先生,根据您的意见,死因是什么呢?"宇野分析道:"可能是药物中毒。死者全身除脚上有紫斑外,没有致命的伤痕。另外,遗失了两件东西——太阳镜和一只拖鞋。"

浅草一面急急忙忙地掏出笔记本把宇野的话记上,一面奉承道:"真不愧是警长先生,分析得太有道理了。"

这时,另一个年轻刑警走过来,说:"我捡到这个。"宇野一看,是一朵塑料玫瑰花。他觉得那花似曾相识,想了想,心头突然一跳。

宇野想着心事,很晚才上床睡觉,待他一觉刚醒,便接到刑警浅草打来的电话,宇野一听惊呆了。他怎么也没想到,经尸检,色沼竟是冻死的!宇野认为炎热的夏天冻死人,只有在冷库里。于是,他和浅草在旅店经理的引导下来到地下室的冷库。

他们先到控制室。见一个穿作业服的老人正坐在操纵台前打盹,宇野上前问道:"老先生,昨晚你一直在这儿值班吗?"老人说:"怎么可能呢!如果一直坐在这儿,那我应该在什么时间睡觉呀?"

浅草听了老人的话,瞪了经理一眼,说:"管理失职你要负责!"经理吓得全身冷汗直流,简直要昏倒。

一名刑警拉开大门,大家进入零下30度的冷库,15秒后冷气渗入体内,人人打起哆嗦来。宇野发现库内角落有一辆小型台车,车旁扔着一只拖鞋和太阳镜,他马上认定,色沼就是在这儿冻死的,他脚上的伤痕是在这儿拼命踢门造成的。而台车,可能就是凶手把色沼运回房间的工具。这是一起手段巧妙的杀人案。可是,凶手为什么要把尸体送回房间,而又在现场扔下物证?

这天晚上,宇野听到有人敲房门。他开开门,见是绫子,绫子的眼光恐惧中透着勇敢,一进门就说:"我想向你说明……是我杀死色沼的……不能让他再害人了!"

宇野请绫子坐下，平静地问："你是怎么干的?"绫子说："我在桌上的酒瓶里放了氰化钾……""色沼那时是坐在阳台的椅子上吗?""是的,他在睡觉。""你是怎么开门的呢?""门本来就开着……"

宇野刚要说话,辰见走进房里。绫子一见辰见,先是一呆,随即问："你是辰见先生?"

辰见难为情地搔着头说："其实,我一到这儿就发现你了,见你很幸福,就没有招呼你,免得引起你对过去不愉快的回忆。"

辰见告诉宇野,当年他当扒手时就认识绫子,那时她在一家餐厅当工人,并且和色沼同居。

绫子见宇野听了辰见的话"哦"了一声,忙插话道："我那时太幼稚,上了色沼的当。和他一起生活实在苦,氰化钾就是当时我想自杀去弄来的。后来色沼和当地流氓发生冲突逃走,我才获得自由。"

宇野问道："色沼就以此要挟,向你诈取金钱吧?"绫子说："没有呀,色沼只是恐吓我,要向我的丈夫揭穿我和他过去的关系,所以……"

辰见听了绫子的话,似乎明白过来："哎呀,当时我听色沼说'那个女人',以为是你,看来弄错了。那他说的'那个女人'又是谁呢?"

辰见的话音刚落,就听到一声："是我,警长先生。"大家回头,只见织田女士站在门口,温和地微笑着,她接着说了十年前的事。

原来,当时织田女士在英国留学时,她的一位同学完成了一篇论文后患上肺癌,快死了,织田就替她把论文寄往某学会。不料学会错把织田当作者,使织田成了名。后来,织田那同学死了,织田为了在英国学校获得教授职务,没有说明真相。她拼命学习钻研,以求名符其实,但始终于心不安。有一次,几个朋友聚会时说到剽窃问题,织田忍不住道出了这个秘密,刚好色沼在邻桌吃饭,他听到了,就抓住这个把柄敲诈了织田十年……

宇野听了织田的话,郑重地说:"织田女士,我不认为你剽窃,因为你有了远远超过那篇论文的成就。"

织田感激地说了"谢谢"之后,又转向绫子:"太太,杀死色沼的事,算我做的吧,我有作案的充分理由。我此生已到尽头,而你还年轻,还有孩子……"绫子说:"不,不,是我毒死色沼的!"

宇野见她俩争着要当凶手,轻轻咳嗽一声,说:"我看你们别争了,我要纠正一个误会:色沼不是死于毒药,而是在冷库里被冻死的。绫子夫人进色沼住处时,他已经死了……"

一听这话,屋里顿时沉默了。就在这时,门外突然响起杂乱的脚步声,接着闯进来三个小孩,当他们发现绫子时,欢呼着扑到绫子的怀里。

一见三个孩子,宇野突然"啊"叫起来,忙把门关好,问孩子们:"是你们吧?把那个戴太阳镜的叔叔关到很冷的地方。"

三个小家伙顿时面面相觑,过了一会,才说出了事情的经过。

原来,孩子们偷偷看到,只要色沼来找妈妈一说话,妈妈就哭了,他们恨色沼,决定惩罚他。于是,女孩假装妈妈的声音打电话,诓色沼到地下室;然后,事先藏在地下室的一郎突然抢去色沼的太阳镜,色沼生气地追他,他就打开冷库的门,把太阳镜丢进去;趁色沼去捡的时候,一郎赶紧把冷库的门关上。后来,当孩子们再进去看时,色沼已一动不动了。

宇野听到这儿,问:"那你们为什么又把他推上来?"

一郎振振有词地说:"我们只想惩罚他一下,然后推到阳台上晒太阳,好恢复原来的样子呀!"

"是老先生帮你们推车的吧?"

老大、老二不响,小妹说:"我们不说,老先生叫我们不告诉任何人的。"

听了聪明的孩子说了蠢话,大家都笑起来。

宇野严肃地说:"一个渺小的坏人死了,活该! 但我们不能牵涉善良的大人和无知的孩子。为此,我第一次违背警员规章,骗了当地刑警。只是绫子夫人鞋上的塑料花还在浅草手里,要是查起来……咦,辰见呢?"

"我来了!"辰见说,"我又犯了老毛病……"说着他摊开手,掌心里正放着绫子夫人鞋上的塑料花!

第二天早晨,浅草刑警神色紧张地来找宇野,吞吞吐吐地说:"我把塑料花遗失了……"

宇野故意大惊小怪地训了他一顿。浅草一面承认工作失误,一面紧张地说:"还有更严重的事。那个经理真可恶,他害怕追究责任,竟上吊了。幸好他是用女人的丝袜当上吊绳,因为有伸缩性,脚垂到地上,他没死!"

宇野松了口气,说:"没死就好!"浅草说:"不,还有想象不到的事呢,那个冷库老头来自首了!"宇野问:"他怎么说的?"

浅草说:"那老头说他离开冷库时,记得门没有锁。回来后发现门关紧了,觉得不对头,就进去查看,发现色沼冻死在台车上。他害怕承担责任,就用布一蒙,把尸体送回房间。后来听说经理上吊,他不忍嫁祸于人,所以来自首了……"

宇野思索着,慢慢说道:"有些人就是怪,对冷库也好奇,非要进去看看,也许色沼喝醉了……"

浅草忙接口奉承:"有道理,还是警长先生水平高……"

事情的结局是这样的:经理和老人因失职受到训诫。绫子夫人终于盼来了丈夫,全家幸福团聚。宇野警长休假期满,返回东京警视厅。

(杨承烈 改写)

　　世泮左保,日本小说家。其作品构思严谨,推理步骤丝丝入扣,颇有欧美侦探派风格,尤其是结尾艺术,很能从读者的阅读心理出发,产生出人意料却又完全合乎情理的艺术效果。

　　《没有主人的宴会》根据他《神秘的招待券》改写而成,构思技巧令人叫绝。

没有主人的宴会

　　自古只听说没有不散的宴席,还没听说过没有主人的宴会。可这事还真有人碰到过,谁? 日本东京某周刊杂志社编辑兼新闻记者,33岁的小早川正彦。

　　8月1日早晨7点半,精明果敢的小早川走进办公室,文件包刚放好,传达室便送来了一封信,小早川拆开一看,可就牛犊子叫街——懵门了。写信人与他不沾亲不带故,无名无姓,却要花好几万元来宴请他小早川。信是这样写的：

　　小早川正彦先生：

　　　　恕我冒昧，特邀请您于8月1日下午5时来伊豆东海岸津滨东都饭店吃顿便饭，共享这愉快的一夜。

　　　　请持本函示饭店的守卫者，自有人作导。附上车资2万元，万勿推却，谢谢。

　　　　　　　　　　　　　　　　　　　7月23日　海

　　小早川手拿信，就同黑夜里下黑雪，让人不明不白。他使劲抖了抖信，"忽啦"一下真的从信中掉出了两张一万元的现钞！这下小早川为难了：去吧，怕被人捉弄；不去吧，钱又没办法给人家邮回。咋办？还是社长山本横一来得爽快，他接信一看就乐了，说："嗬，人家花钱你坐车，人家付款你吃饭，这么好的事打着灯笼哪儿去寻？去！"小早川这两天劳累过度，确实需要休息。事情赶巧，机会来到，一石二鸟，加上社长趁机劝导，小早川这才应承了下来。

　　当天下午5点半，小早川来到河津，找到东都饭店，上了五楼贵宾室，屋里早已就座的两男两女一见，一齐站起来招呼："请坐，主人先生。""什么，主人？"小早川糊涂了，主人怎么是我呢？小早川赶紧把信掏出来放到桌子上，非常有礼貌地说："我从东京来，是应邀来赴宴的，让诸位坐等了这么久，真不好意思。""啊，你也不是主人？"小早川不解地看着他们，问道："诸位也是来赴宴的？""对呀。"先前坐着的四个人说着，各自伸手从包里掏出邀请信。

　　小早川一看，嗬，大年初一吃饺子——大家还真是一个样，都是来赴宴的。其中一位50来岁的绅士叫越川宗十郎，从横滨来，是一家贸易公司的董事；那位学生模样的男青年叫香山士郎,从长野来;27岁的少女驹井西诺是从名古屋来;木岛节子是位贵妇人,从东京来。这下可好,五个人都莫名其妙:怎么宴会没有主人?

闷坐了一会儿,小早川想到去问饭店经理,便说:"各位,我们不能这样坐着,更不能不明不白地吃了饭一走了之。咱先去问问饭店经理再说,好不好?"小早川一提,四个人都点头同意,五个人便一起来到了经理室。

东都饭店今天才开业,上上下下,男男女女,忙了个灵魂出窍。经理大岛川一更不例外,这阵儿刚回到经理室,忙里偷闲想喘口气,正赶上五位不速之客赶到,只好匆匆迎接道:"各位请坐,敝店才开张,有什么不周之处请多多指教。"小早川很有礼貌地回答道:"打扰经理先生,我们想知道五楼贵宾室里是哪位设的宴会?相信您会给我们满意的答复。"没想到经理一听,头像拨浪鼓似的摇了起来:"真不好意思,我也没见主人的面,不信,各位看看这封信好了。"经理拉开抽屉,抽出一封信递给小早川,小早川接过信来一看,信上写道:

东都饭店大岛川一经理先生:
　　请于8月1日下午5时于贵饭店五楼贵宾室设一桌五人宴席,代为招待下列五位女士、先生。他们是:东京的小早川正彦、横滨的越川宗十郎、长野的香山士郎、名古屋的驹井西诺、东京的木岛节子。呈上饭资及住宿费20万元,不足部分日后定补,望务必费心招待以上五位贵客,切切。
　　　　　　　　　　　　　　　　　　7月23日　海

秃头上的虱子明摆着,主人根本就不想在宴会上露面!

一回到贵宾室,驹井西诺就忍不住了,气呼呼地说:"不是说让我来商量一件重大的秘密吗,怎么又躲起来了?敲着空碗唱大戏——拿我们穷开心。"木岛节子也挺生气:"是呀,说是要和我说说我丈夫的事情,谁知道原来是耍人!"香山士郎年轻,喜欢痛快,像这样米汤锅里洗澡——糊里糊涂地赴宴,太无趣,他发牢骚说:"嗨,我是个喜欢别人招待的大傻瓜,可没想会受骗上当。"越川宗十郎听了却不以为然,他哈哈大笑着说:"花了人家的钱,吃了人家的饭,还来埋怨人家,有点不大近人情了吧! 看看汹涌澎湃的大海,主人不来我们还不是照样快活。"香山见小早川沉默不语,便说:"小早川先生,您的意见呢?"小早川叹了口气,说:"玩玩是不错,只是我还有件没有头绪的案子等着办呢。"听说小早川在办一件案子,大伙都叫他讲出来,也好解解闷。

一个月前,小早川带着几位摄影人员外出采访,在歌山县白滨温泉忘归庄旅社住下。大约夜里两点,他们几个人正猜拳行令豪饮威士忌,忽然窗外传来嘈嘈嚷嚷的人声,小早川打开窗子一看,灯光下边的柏油马路上正躺着一位少女,满头满脸的血,人已经死过去了。一打听,原来这女子叫久留米铃子,25 岁,是忘归庄旅社 515 号房间的房客。她手提包里有三封遗书,一封写给父母,一封写给姐姐,一封给公司里的主管领导,说她爱上了有妇之夫,不能自拔,要到忘归庄旅社来自杀。死者手里还捏了一方写有"S·K"字样的手帕。

香山听完,很失望地说:"这是 6 月 20 日晚上的事,不新鲜。"小早川感到吃惊,马上问香山:"你怎么知道?""那天我在那里住过呀。""什么? 6 月 20 日你在忘归庄旅社住过?"小早川突然意识到了什么,转身向在座的其他三位问道:"对不起,诸位,请问 6 月 20 日还有哪位在忘归庄旅社住过?"三个人都不解地点了点头,都说住过。小早川一跃而起,满脸激动,叫道:"原来如此,我明白谁是主人了!"四个人莫名其妙地看着他。小早川看着大家,一字一顿地说出了一个人的名字,四个人可就傻眼了:八只眼睛八盏灯,四张嘴巴四扇窗,老半天都没合得起来。

小早川说的这人不是别人，正是久留米铃子的姐姐！据小早川了解，久留米铃子自杀的时候，她姐姐正在国外旅行。姐姐回国后知道了妹妹的死讯，痛不欲生。出国前姊妹俩长期住在一起，感情甚笃，现在妹妹死了，姐姐全力以赴操办妹妹的丧事，不想从中发现了破绽。妹妹不是自杀，是他杀！为证实自己的结论，姐姐做了多方努力，她要查出凶手，为妹妹报仇。今天这场别出心裁的宴会，便是姐姐的有意安排。

小早川这么一说，几个人可就泥菩萨身上长草——慌了神了。你想，贵客变成嫌疑犯，搁馊了的香菇面，吃起来还有什么味？越川不满地对小早川说："小早川先生，我不明白，就算是他杀，她姐姐干吗不找张三不找李四，偏偏把我们五位找来？难道她怀疑我们五个人里面有一个真凶？"

小早川肯定地点了点头，说："正是这样。"说着，他先把自己的名片拿出来放到餐桌的中央，又对其他四个人说："请各位也把你们的名片拿出来吧。"

几个人你看看我，我看看你，身不由己地掏出名片放到餐桌上。小早川说："各位不妨看一下我们五位的名字的缩写是什么。"大家拿眼一瞅，乖乖，都是 S·K！小早川说："这就是久留米铃子的姐姐怀疑我们五位的理由。看来她查阅了 6 月 20 日在忘归庄旅社住宿的所有人，发现我们五个人的名字缩写与手帕上的 S·K 相同，于是她怀疑我们，想会会我们。不过她为什么不肯公开露面呢？"

问题搞大了，屋里的五个人，现在留也得留，不留也得留，谁走谁就等于招供自己是凶手了。

这时候侍者进来收拾杯盏碗筷。小早川向侍者说："请打电话叫警察来一下。"小早川竟动开了真格！这可吓坏了驹井，她战战兢兢地问小早川道："小早川先生，莫非您已经知道凶手是谁了？"小早川肯定地点了点头。"谁？"八只眼睛一齐投了过来，就像八盏探照灯似的,恨不能一下子探出小早川心里的秘密。

等侍者一走,木岛不自然地坐回原座后,小早川说:"久留米铃子的姐姐把五个相同发音的人集中起来,因而迈了关键性的一步。下一步我们可以十分容易地把圈子再缩,缩成两个人。""哪两个人?"小早川把眼光从驹井身上移到木岛身上,又从木岛身上移回到驹井身上,半天才说:"两位女士!"

"什么?你凭什么敢这样放肆?""你不怕我们控告你?"驹井和木岛全都激动得跳了起来。小早川说:"控告嘛,我倒不怕,理由嘛,也有一点,两位女士是不是静下来听一听啊?"

小早川不紧不慢、不冷不热的几句话,逼着驹井和木岛只好乖乖地坐下来。

小早川这才一字一顿地说:"久留米铃子自杀的时间是深夜两点,房门一定关得牢牢的,只有女人才有办法叫开门。试想,一个男人半夜叫一个女人开门,结果会怎样呢?这是其一。其二,手帕对男人来讲,是件实用品,擦汗用的,擦完汗口袋里一塞,没了用处。手帕对女人来说,却是一种小小的道具,拿在手里以助说话的姿势。凶手行凶时,手里拿的正是这种小道具,在亲亲热热和久留米铃子说话时,冷不防地把久留米铃子推下窗去,手帕是一直握在手里的。久留米铃子绝望中本想抓住她的手腕,不想只抓住了这方手帕。正是这方手帕帮助了我们,暴露了凶手。"

越川还不满足,非要打破砂锅问到底,说:"小早川先生,您这话还不能自圆其说。我不明白,既然久留米铃子留下了三封遗书要自杀,为什么凶手还要害她呢?难道凶手不知道这一切?"

小早川拿眼睨了一下驹井,惋惜地说:"是啊,凶手并不知道久留米铃子要走绝路,当然更不知道她留下了三封遗书,不然的话,她何必自找麻烦。"

香山好奇心又起，不觉开口道："凶手要杀久留米铃子，那她们之间一定有什么深仇大恨了？"

小早川撇了撇嘴，说："久留米铃子爱上了这位妇人的丈夫。女人嘛，对第三者插足的仇恨往往很深很深。可这位妇人哪里知道，在她和丈夫吵闹之后，久留米铃子早已毅然决然地和她丈夫分手了。"

讲到这里，小早川出其不意地问木岛："木岛夫人，您说对吧？"木岛一直在用心听小早川的分析，听小早川唤她，条件反射似的惊叫了一声："原来他俩早已分手了？"突然她醒悟到了什么，脸色一下子变得惨白，立刻瘫倒在椅子上，嘤嘤地啜泣起来了。

驹井见状，深深地叹了一口气，说："没想到事情会这么复杂。"接着郑重其事地说，"我没有丈夫，独身。"小早川听了，十分坦然地笑道："我要查的就是这个，完了。"一会儿，警察来了，小早川向趴在桌子上抽噎的木岛一努嘴，木岛被带了下去。

剩下的四个人呆呆地站着，恍如梦中。突然，越川高兴地大叫起来："小早川先生，不要骗我们了，您肯定是这次宴会的真正的主人。"

小早川轻轻摇了摇头，笑着向驹井说："驹井小姐，怎么，您还不想公开您的身分吗？"

驹井一愣，接着嘻嘻地笑了，说："我就知道逃不过你眼睛的。"她转身看了看越川和香山，说："小早川先生太机敏了，所以我一直耽心被他揭破身分，便绞尽脑汁来逢场作戏，不想还是被他认了出来。"

越川、香山又是一愣，原来驹井西诺才是那个不肯露面的宴会主人！

小早川说的不错，驹井回国后发现妹妹的死不是自杀而是他杀，并由手帕想到了凶手的姓名，于是到旅社查了住宿登记簿,发现了四个 S·K 发音的名字。驹井苦苦思索了几天,最后断定凶手就是这四个人中的一个。但真凶到底是谁呢? 无法确定。最后她想先与这四个人见见面,摸摸底再说。她想到了宴会,在嘻嘻哈哈的友好气氛中兴许会得到点什么。只是她没有考虑出进一步的行动方案,生怕宴会上找不出凶手,自己反而被动丢丑,这才不得不隐去真实的身分。谁知宴会上小早川意外地帮了她大忙,导致了这次宴会出奇的成功。

越川一听可就埋怨开了:"我说驹井小姐,您这一隐姓埋名,藏掖身分,我们可就苦了。这场惊心的宴会把我都吓出了一身冷汗呢。"

驹井笑着说:"对不起,诸位先生。下次我一定邀请你们到名古屋来,我要名符其实地当一回真正的宴会主人,给各位压惊,怎么样?"

"好!"立刻,贵宾室里荡漾起了一片舒心的欢笑……

（温福生　改写）

www.ingramcontent.com/pod-product-compliance
Lightning Source LLC
Chambersburg PA
CBHW060829120626
46557CB00001B/433